溺甘パパな航空自衛官と子育て恋愛はじめました

m a r m a l a d e b u n k o

真 彩-mahya-

目次

溺甘パパな航空自衛官と子育て恋愛はじめました

溺甘パパな航空自衛官と
子育て恋愛はじめました

六年前の悲劇

あれは十八歳のときだった。

私は自宅のベランダで呆然としていた。

足元に、まるでカフェオレかミルクティーみたいな色の水が迫ってきている。

ごうごうと響く獣の唸り声のような音が、暴風のせいか、目の前の濁流から聞こえるのか、それすらわからない。

ひとつだけわかるのは、私は命の危険にさらされているということだ。

数時間前は、まさかこんなことになるとは思っていなかった。

昨夜から降り続く豪雨で、近所の川が氾濫した。が、その川は自宅から歩いて十分くらいしないと見えてこないところにあり、今まで氾濫したことがなかったので、完全に油断していた。

そして消防士の父は任務中で家にいない。

父は昨夜、緊急出動した。

『今回はひどいことになりそうだ。じゅうぶん備えをして、情報に気をつけろよ、亜美。若い女の子ひとりじゃ嫌かもしれないけど、避難指示が出たらすぐに避難するんだ』

そう言って出ていったきり、今どこでどうしているのか。

私は『ふぁあい』と生返事をし、そのまま朝まで眠ってしまった。豪雨の音がすごかったけど、睡魔の方が勝った。

朝になってテレビをつけると、隣の県で土砂崩れや川の氾濫が起き、避難指示が出ていることを知った。

これは、本当にヤバいのでは。

私は二階の窓を開け、外の景色を見た。激しい雨でよくは見えないが、アスファルトの道路に雨が打ち付けられているようだ。側溝からも水は溢れていない。

一応備えはしておこうと、防災リュックを引っ張り出し、水や食料の消費期限を確かめた。懐中電灯、簡易トイレ、応急処置セット、スリッパなども確認する。どれも新品同様だ。

あとはなにがいるだろう。あ、スマホは絶対いるな。充電器と、一応モバイルバッテリーも。まだ使うから、最後に持って出ればいいや。

パジャマからTシャツとパンツに着替え、戸締りとガスの元栓を確認する。

お腹が空いてきたので、買い置きしてあった菓子パンを食べた。

まあこうして準備したって、生まれてこのかたひどい災害に遭ったことなんてないものね。そういう恵まれた土地なのよ。

ただ父が消防士ということもあり、防災意識が高めなんだよね。私はそれほどでもないけど、父が帰ってきたときにぐうぐう寝てたら怒られること間違いない。

スマホを充電しながら、【今日の授業は中止です】という学校からのメールを見た。

珍しいな。雨でこの辺りの高校が休みになることは、ほぼないのに。

休みになるのは、暴風警報や暴風雪警報が出たときだ。

やっぱり今回は、いつもの豪雨と違うのかも。

背中がひんやりとしてきた。私は急いで和室の隅にある仏壇に向かった。

飾ってある母の遺影は、にっこりと微笑んでいる。

母は去年、乳がんで亡くなった。病気の発見が遅かったのだ。

当時は父と一緒にめちゃくちゃ泣いて落ち込んだし、今も母がいないことは寂しくて仕方がない。けど、いつまでもめそめそしていることを、母が望んでいるわけはない。

「お母さん、どうかお父さんを守ってね」

手を合わせて話しかける。そのとき、静かな空間に、突然けたたましいブザーが響いた。

「うわあ、びっくりした」

スマホの警報アプリの通知音だ。とうとうこの地域にも避難指示が出たらしい。

降りしきる雨の音はますます強さを増してくる。その合間に、防災スピーカーから流れる放送が聞こえてきた。

「避難指示が発令されました。該当地域の住民の皆様、避難所への避難を行ってください。該当地域は、新井町、坂下町……」

市の防災スピーカーは普段から音が割れて聞こえにくい。それに加えてこの雨だ。途切れ途切れに聞こえる放送に必死で耳を傾けるけど、自宅周辺の住所が読み上げられたかどうか、わからなかった。

「一応避難しようかな」

川は家から歩いて十分。近いと言えば近い。ハザードマップを見ると、自宅は災害時に浸水する危険がある地域にバッチリ入っていた。

避難所は徒歩二十分の小学校。小高い土地にあるので、ここよりは安全そうだ。

しかし、あんまり急いで避難しても、ちょっとかっこ悪いかも。すごく臆病な人みたいじゃない。

去年の台風のときも、高齢者等避難の指示まで出たけど、結局床下浸水すらせずに終わったしね。もう少し様子を見よう。

テレビで豪雨の情報を見ながら過ごした。暇だったので、うっかりうつらうつらしてしまい、起きたら最初の避難放送から一時間ほど経っていた。

耳を澄ますまでもなく、屋根に強く叩きつける雨音に驚いた。

数分おきに市の防災スピーカーから避難警報や放送が鳴り始め、さすがに危機感を覚えた。

「ま、一応川の様子だけ見ておこうかな」

スマホで市のホームページから近くの川の様子をライブカメラで見て、私は固まった。土手がほぼ見えない。画面いっぱいに茶色の濁流が写っていた。

「これ……氾濫ってやつ？」

こめかみを汗が伝っていった。

私はレインコートを着て、防災リュックに防水ケースに入れたスマホと充電器、財布を入れて背負った。

これはああだこうだ言っている場合じゃない。できるだけ早く、高所に避難しなくては。

スニーカーを履き、玄関のドアを開けようとした。が、どういうことかびくともしない。

ドアノブに寄りかかるようにしてなんとか開こうとしていると、ドアの下から、水が流れ込んできた。私はたたらを踏むように後退する。

嫌な予感が背筋を駆けていった。

私は靴を履いたまま家の中に戻り、裏庭に続く大きなガラス窓を開け、シャッターを上げた。

「うわあっ」

すぐそこにあるウッドデッキが、水の上に浮いたいかだみたいに見えた。そこまで水位が上がってきているということだ。

玄関はすでに水圧で開かなくなっていたのだ。

まさか、油断してウトウトしている間にこんなことになるなんて。

私は逡巡する。すぐ避難しなければ、絶対に危ない。けど、ここから出ていくということは、窓を開け放していくことになる。水が引いたときに窃盗に入られる可能性がある。

いや、もうそこまで水は迫っているのだ。家財を惜しんでいる場合じゃない。

決心した私は、まず和室に走り、お母さんの遺影と位牌を摑んだ。それをリュックにしまいながら二階に上がり、通帳や印鑑、キャッシュカード、保険証など、貴重品を入れる。

ついでに窓の外を見ると、まだ流れは緩やかだが、茶色の水が街を飲み込もうとしていた。

この街を通って、高台にある小学校まで行こうとすると、絶対に腰まで濡れるだろう。着替えを持っていった方がいいだろうか？

少し迷って自室に戻り、下着だけを手に取った。

貴重品と下着を透明のファスナー付きポリ袋に入れ、庭に面している窓から出ていこうと階段に向かって、ぎくりとした。

階段の下数段が、水に飲み込まれていた。

もう床上浸水している。

外からはまだ降り続く雨と、ごうごうと水の流れる不吉な音が同時に聞こえ始めた。

それに、「早く逃げろ！」という人々の声と鳴りやまない警報も。

バカバカ。命が第一だって、いつもお父さんが言っていたのに。結局あれこれ悩んでいる間に、水がここまできてしまった。

早く家の外に出ていかなきゃ。

意を決して階段を下りていくと、すぐに腰まで水に浸かった。シャッターを開けた場所から、どんどん水が流れ込んできていた。

「うっそ……」

泳いででも外に出ようとするのに、水は勢いよく家の中に侵入する。踏ん張ってももがいても、シャッターまでたどり着けない。

すっかり腰が引けてしまった私は、押し流されるように階段まで後退した。

これではもう、これ以上水が来ないように祈るしかない。二階に避難していれば、そのうち水位が下がるかも。

落ち着け、落ち着け。

濡れて重くなった衣服を着替える気にはなれなかった。すでにつまらないことを気にしていたせいで、避難し遅れたのだ。

ベランダに出て、外の様子をうかがう。上空からの雨が容赦なく私の体に降り注いだ。

「えっ！」

外の様子に、目を疑った。私が一階に行って戻ってくる間に、驚くほど水位が上がっていた。

それは生まれて初めて見る光景だった。

まだ屋根が見えていた車が、木が、看板や建物の一部が、押し流されている。

濁流の中で必死に手を伸ばす人。一階の屋根に避難していた誰かが、その人の手を摑む。

まるで地獄絵図だった。

さっきまで歩いて避難しようとしていた人たちはどうなったのだろう。

そして、昨夜から出動しているお父さんは無事だろうか。

想像しようとしただけで、体が震えた。私は濡れたリュックからスマホを取り出す。

お父さんからの連絡はない。

どうか、どうか無事でいて。お母さん、お父さんを守って。お願い。

位牌と遺影が入ったままのリュックを抱きしめ、私はベランダの窓を開け放したまま、縁に座り込んだ。

ごうごうと勢いを増す濁流を見ている勇気はなかった。たまに叫び声が聞こえてきて、耳を塞いだ。

そこで数十分、そうしていた。

ベランダのすぐ下まで迫る茶色い水を見て、再びリュックを背負った。

背後にも階段から上がってきた水の音が迫っている。

私はエアコンの室外機に乗り、屋根の縁を掴んだ。

「おーい！　大丈夫かー！　屋根に乗れるかー？」

近所の三階建ての住宅の屋上から、タオルを振ったおじいさんの姿が見えた。おばあさんらしき人の姿もある。

「やってみます！」

生きている人の姿を見て、勇気が湧いた。

しかし、室外機の上は当然濡れていて、踏ん張れない。下手すると、足が滑って濁流の中に落ちてしまう。

「ああっ……」

腕の力だけではやはり上がれない。そうこうしているうちに室外機の下の部分が水に浸かった。

慎重に室外機からベランダの手すりに乗り移り、雨といに手をかけた。

なんとか、屋根に上がらなきゃ。

グッと手に力を込めたとき、おじいさんの声が聞こえた。

「助けが来たぞー！　おおーい！　そっち、そっち！」

おじいさんを見ると、タオルを振り回し、私の方を必死に指さしている。

「うちはまだ大丈夫だからー！　そっちのお嬢ちゃんを！」

涙が出そうになった。自分たちだって切羽詰まっているのに、私を先に助けろと言ってくれている。

おじいさんが見ている方に顔を向けると、一機のヘリコプターが見えた。必死だった私はそこで初めて、ヘリコプターの音に気づいた。

近づいてきた黒いヘリコプターから、声がかかる。

「そのまま頑張って！　今助けに行きます！」

ホバリングするヘリの開いたドアを見ると、雨粒が顔に降り注いだ。

少し待っていると、グレーの迷彩服を着た人がハーネスをつけ、するすると下りてきた。

体格と声から察するに、男の人だろう。降りしきる雨に視界が奪われ、相手の顔をしっかり見ている余裕はない。

「もう大丈夫ですよ。そのリュックは……」

「母の遺影が入っているんです」

これは手放したくない。強く訴える必要もなく、彼はこくりとうなずいた。

「じゃあそれは俺が背負っていきます」

落ち着いた低い声が、私を安心させた。彼はリュックを背負い、室外機の上で私に手際よくハーネスをつける。

「上がります。しっかり摑まって」

「はいっ」

ごわごわした迷彩服の胸に飛び込む。しっかり両腕を彼の背中に回すと、足の先が空を切った。

怖いので下を見ないよう、私は迷彩服の胸に顔を押しつけた。

震える体をしっかり抱きしめられ、私は無事にヘリコプター内に収容された。

「っていうことがあったので、みんなは先生の言うことをよく聞いて、災害のときは早めに避難しましょうね」

「はーい」

災害から六年後。二十四歳の私は、園児たちに話をしていた。

私が勤めているのは、保育園と幼稚園の機能を併せ持っている、私立の認定こども園。運営しているのは、ここに昔からある由緒正しきお寺。

今は保育士の資格しかないが、そのうち幼稚園教諭の試験を受けるよう、園から言われている。

今日は年に一度の防災集会だ。

地震やその他災害のアニメビデオを見せたあとで自分の身に起きた災害の話をすると、他の先生方から拍手が起きた。

園児たちは返事だけは元気よくするものの、理解してはいない様子だ。

そりゃあそうだよね。私だって自分に命の危険が迫るまでは、災害なんて他人事だと思っていたもの。

子供たちがこの先も元気で、無事に大人になってくれればそれでいい。今はわからなくても、いつかほんのりとでも思い出してくれたら。

集会が終わり、片付けをしていると、園児のひとりが寄ってきた。年長クラスのたかふみ君だ。

「亜美先生、ヘリ乗ったの？」

「うん、乗ったよ」

「かっこよかった？　中どんなだった？」

たかふみ君は働く乗り物が大好き。無邪気な笑顔に好奇心をはりつけてこちらを見上げる。

ああもう、かわいいなあ。目をキラキラさせて。

「うん、思っていたより大きくて、音もすごかった。中は、パイロットと、自衛官が何人か乗ってたよ」

「そっかあ～。いいなあ、僕も乗りたいなあ」

救難ヘリなんて乗る機会がない方がいいに決まっているけど、私は微笑みで返す。

「パイロットになれば、いつでもヘリに乗れるね！」

「そうだね」

「ヘリと消防車どっちがいいかな。迷うなあ」

真剣にどちらに乗る人になるか考えこむたかふみ君。

「まだ先は長いから、ゆっくり決めたらいいよ」

頭を撫でると、たかふみ君はうなずき、友達がいる方へ走っていった。

「本当はどっちにもなってほしくないんだけどね……」

勝手な希望だけど、自分の受け持った子供には、危険な職業には就いてほしくないと思ってしまう。

私を助けてくれたのは、航空自衛隊の人だった。だいぶ落ち着いたあとで迷彩服の柄で検索をかけたらそうだとわかった。


あのあと私は避難所である小学校に案内され、近所の人と合流した。あとから屋上でタオルを振っていたご夫婦も無事にやってきた。

避難所にいる誰もが、疲弊しきっていた。まさかこの辺りでこんなに大きな災害が起きるとは、誰も想定していなかったのだ。

『ああ、亜美ちゃん。こっちに座りな。お父さんはどうかね。連絡取れた？』

近所のおばさんが声をかけてくれた。私はリュックからスマホを出す。お父さんからの連絡はない。

『電話してみたら？』

『でも、任務中は出られないし……』

だめもとで電話をかけてみたが、そもそも回線が混乱しているのか、一向に繋がらない。

『あちこちで地滑りも起きているらしいから、心配だね』

おばさんが言っているそばから、地鳴りのような音が微かに聞こえた。

お父さん、大丈夫かな。早く会いたい。

避難所で心細い夜を過ごし、一晩明けても父からの連絡はなかった。

そういえば、私、助けてくれた人にお礼も言わなかった。言える状況ではなかったのだ。

迷彩服を着ていたから、自衛官だろうか。彼は私たちを地上に降ろすと、すぐに次の救助者の元へ飛び立った。


もうあれから、六年が経ったのか。

私はひとり暮らしのアパートで、チェストの上の遺影に手を合わせる。そこにはお母さんとお父さんの写真が並んでいた。

結局あの災害で、任務中だったお父さんは土砂崩れに巻き込まれて亡くなった。

テレビを見ながら食事をしていると、画面に自衛官の姿が現れた。

遠くの国の難民救援に行っているらしい。いろんな仕事があって大変だ。

そういえば、私を助けてくれたあの人は、今も元気にしているかな。

避難所で迷彩服の人をたくさん見かけたけど、みんな忙しそうにしていた。

そして父が土砂崩れに巻き込まれたという一報を受け、私は混乱し、命の恩人のことをすっかり忘れてしまったのだ。

「お礼くらい言っておけばよかったな」

ぼそりと呟く私に答えるように、スマホが鳴った。驚いて画面を見ると、友達からメッセージが来ていた。

【自衛隊基地で航空祭があるんだけど、一緒に行かない?】

自衛隊の航空祭!

ちょうど自衛隊のことを考えていたので、びっくりしてスマホを落としそうになった。

もしやこれは、「恩人のことを忘れるなよ」という神様のお導きかな? なんてね。

助けてくれた彼に会えるとは思わないけど、週末は暇だし、気分転換にもなりそうだし、付き合ってあげるか。

私は【いいよ】と返事をした。

突然の再会

「早く早くー！」

私を急かす短大時代からの友達、萌の姿をじっとりと見つめる。

最寄りの駅からシャトルバスに乗る間も、周りは人だらけ。到着するまでに人に酔った。もう帰りたい。

申し訳ないけど、私は自衛隊に恩を感じてはいるものの、そこまで興味はない。

航空祭の会場となっている基地の中も、人、人、人。

あっちこっちに大きさも形もカラーリングも異なる飛行機が展示されていて、みんな熱心に写真を撮っている。

萌はそれをちらちら見ながら、ステージエリア前の広場まで早足で進んだ。私は黙ってついていく。

「あーあ、亜美がうだうだしてるから、ほぼ場所とられちゃってんじゃん」

「すみませんね……」

萌はいわゆるミリオタというやつ。

自衛隊と言えば陸海空あるけれど、そのどれもに詳しい。

彼女に「朝六時に出発し、開場前から待とう」と言われたけど、それは断った。

結局駅の近くで早めのランチをしてからシャトルバスに乗ったら、ひどい渋滞に巻き込まれた。それだけ人気のイベントということだろう。

萌の一番の目当ては、航空祭の最後にあるブルーインパルスの展示飛行。それに間に合えばいいじゃないと思っていたが、オタクは違うようだ。

ちなみにブルーインパルスとは、航空自衛隊が誇るアクロバットチーム。群を抜いて優秀なエリートパイロット集団だとか。

シャトルバスの中でも、ずっと「本当は朝イチから全部の飛行を見たかった」とネチネチ言われた。

「じゃあひとりで行けばよかったじゃん」と言い返すと、「亜美がいなきゃ意味ないのよ。私はミリオタ仲間が欲しいんだから。今日こそ亜美に自衛隊の魅力に気づいてもらうの」と返された。

他の人なら「本当に好きならひとりきりで堪能すればいいのに」と返してしまうところだけど、萌にはそうできない。

萌は私が地元から出てきて初めてできた友達だ。

高三の春、父も家もなくし、私は両親の遺産だけを引き継いだ。

失意のどん底にいた私を救ってくれたのは、おばさんだった。母の姉だ。

『亜美は生き残ったんだから、幸せにならなきゃだめよ』と言い、私をおばさんの家に住まわせ、学校や塾に通わせてくれ、三者面談や行事にも来てくれた。

おばさんの家にはおじさんと、中学生の従妹がいた。みんな優しくて温かくて、親切だった。

彼らのおかげで私は生き延びられた。短大に進学し、こちらに引っ越してくるとき、『亜美姉ちゃんがいなくなると寂しい』と従妹は泣いてくれた。

寂しいのは私も同じで、アパートにひとりでいると亡くなった両親やおばさん家族のことを思い出してしまい、たちまちホームシックに陥った。

暗い顔で友達もできず、ただ学校と家とバイト先を往復するだけだった私に声をかけてくれたのが、萌だった。

『ねえ、洋画は好き？』

『え……詳しくないけど、『魔法学校』とか『カリブの海賊』とかは好き』

にっこり笑った萌は、次の日戦争映画のＤＶＤを貸してくれた。

まったく的外れな好意の押しつけだったけど、孤独な私にはそれすらうれしかった。

ミリオタである以外は普通の女の子だった萌と、楽しく学校生活を送った。今はそれぞれ別の園に就職している。住居は同じ市内なので、こうしてたまに会う。

両親が亡くなっているということを知っているので、萌はいまだに私のことを心配し、たまに外に連れ出してくれるのだ。

だから、いろいろ言われても、愛情の裏返しと思うことができた。萌は優しいので、結局は私に合わせてくれる。

「ちょっと待ってて」

「えっ、ちょ、萌!」

言うが早いか、萌はバッグから折りたたんだビニールシートを出し、果敢に観客の群れの中へ乗り込んでいく。

ちょうどデモフライトとデモフライトの間だとしても、すでに座っている人たちの中に行く勇気は、私にはない。

萌をにらむ人々の視線を感じ、ハラハラする。「おい、入ってくるな!」と怖い声も聞こえてきた。が、当の本人はどこ吹く風。

萌は最前列に座っている、若い男の人に話しかけた。男の人は快く、自分のシートを少しずらしてくれている。

そこにちょうどふたり分の狭いスペースができ、萌がシートを敷く。丁寧に四隅にペットボトルを置き、戻ってきた。

「いい人がいたよ。私たちのシート、ブルーの出番まで守ってくれるって」

「へ、へえ。優しいね……」

親切な人がいたのはありがたいけど、周囲の視線が怖い。

萌はなんとも思わないのかな。そのメンタルの強さ、半分分けてほしいよ。

「ブルーインパルス以外は近くで見なくていいの？」

「飛行機は上を飛ぶからね。どこからでも見えるよ」

たしかに。近くだと司会者に紹介されたパイロットが飛行機に乗り込んだり、離陸する場面も見られる。

しかし一度空へ飛び立ってしまえば、どこにいても機体の動きを見ることは可能だ。

「あそこに座りっぱなしだと、腰が痛いしね。さあ、展示を見に行こう。中を見学できる機体もあるみたいだし」

航空祭はデモフライトだけでなく、格納庫を使った展示もある。自衛隊の装備品や、引退した機体、現役の機体などが展示されている。

「おおー、あれはＥ‐２Ｃ、あっちは特別塗装のＴ‐４！」

興奮した萌は格納庫と外を行ったり来たりして写真を撮りまくっている。

しかもスマホのカメラではなく、十万円以上する一眼レフカメラで。

カメラ女子って少し前に流行ったけど、風景やおいしい料理、色鮮やかなスイーツを撮るイメージだった。まさか本当に飛行機ばっかり撮るとは。

「本物は迫力あるね」

写真で見てもなんの感動もない飛行機でも、実物を間近で見ると、それなりの迫力がある。

航空機、戦闘機、輸送機と、用途によって形状が違う。一口に飛行機と言っても様々な種類があることが見てわかった。

「でしょでしょ？　目覚めた？」

「いや、そこまででは……」

目をキラキラさせてこちらを見る萌から視線を外し、私は固まった。

格納庫の前に、一機のヘリコプターが展示されている。

黒っぽい塗装のそれには見覚えがあった。

「なに？　ブラックホークが気になるの？」

「ブラックホーク？」

「UH‐60J。いわゆる空自の救難ヘリだね」

やっぱりそうだ。六年前、私を救助したヘリだ。

あの大災害の光景がよみがえったような気がして、私は目を閉じた。

「どうしたの？」

「私……あれに乗ったことがある」

ブラックホークに背を向け、萌と向き合った。

萌はじっと私の目を見て、うなずいた。

「そっか」

萌は私の横をすり抜け、ブラックホークの方に向かう。振り返ると、萌は神社でするように、両手を合わせてブラックホークを拝んでいた。

「ブラックホーク様、亜美を助けてくれて、ありがとう！」

振り返った萌は、私に屈託のない笑顔を向けた。つられて私も笑みを返した。

過去のことは過去のこと。今さらどうしようもない。

今でも大雨や川の流れる音は怖いけど、うまいこと付き合って生きて行かなきゃならない。

萌はそれを教えてくれようとしているのかもしれない……。

「あっ、そろそろブルーインパルスのためにシートに戻らなきゃ！　行くよ亜美！」

腕時計を見て、脱兎のごとく駆け出す萌に呆気にとられる。

前言撤回。そこまで深くは考えていないようだ。

おしゃれなパンプスなのに、本気の短距離走くらいの速さで走っていく萌になんとかついていこうとしたが、人の波に呑まれ、あっさり見失ってしまった。

ステージエリアに近づけば見えるだろうと思いきや、さすが一番人気のブルーインパルスの出番間近。

到着したときとは比較にならないくらいの数の人々が、ステージエリア前にひしめき合っていた。

シートを敷いて座っている人たちの姿がなかなか見えない。

人の群れの後ろからぴょんぴょん跳んだけど、結局萌の姿を発見することはできず、肩を落とした。

なにこれ。某有名テーマパークのパレードと同じくらいの競争率。いい場所で見るために始発に乗ってくる人たちの情熱には、勝てない。

人の群れから離れて上空を見上げると、戦闘機と思われるシャープな形状の機体がデモフライトをしていた。

「かっこいい」

遠くで見ていても、すごいスピードが出ているのがわかる。ジェットコースターみたいに上昇したり下降したりで、ハラハラしてしまう。

ブルーインパルスの出番はこのあとかな。

戦闘機を見上げていたら、右から左から、ブルーインパルスを見るために集まった人たちにぶつかられた。

おっとっと。仕方ない、離れよう。

人波から離れようとすると、背後で泣き声がして振り向いた。

二歳くらいの男の子がひとりでいる。転んだのか、腹ばいになって泣いていた。

「大丈夫？　ママとはぐれたの？」

あとからあとから人がやってくる。ここでは手足を踏まれる危険がある。

私は男の子を抱き上げ、格納庫の近くまで歩いた。

「お名前言える？」

男の子は名前の代わりに、泣き声で返事をした。

さすがにまだ小さいから、このパニック状態で質問には答えられないか。

「何歳かな？」

背中をとんとんしながら優しく揺らすと、男の子はピースに近い形を手で作った。

「二歳なのね。えらいね、よくできたね」

少し落ち着いてきたのか、男の子は黙った。

「もう大丈夫。ママを探そうね」

男の子はふるふると首を横に振った。

「まま、いない」

「ん？　そっか。パパと来たのかな？」

今度はこくりとうなずいた。

「ぶるー、みるの」

「ブルーインパルスを見にきたんだね」

小さな子は、親が予想もしなかった行動をとることがある。パパがどんなに気をつけていても、見失ってしまうこともあるだろう。

「よし、先生……じゃない、私とお空を見ながらパパを探そうか」

仕事の癖が出てしまった。男の子は気にしていないようで、こくりと首を縦に振った。

もちもちほっぺでくりくりおめめのかわいい子だ。パパもさぞ心配していることだろう。

私は迷子放送をしてくれそうな施設を探すため、基地の案内看板まで歩こうとした。

そのとき。

「すみません！　その子、俺の子です！」

後ろから声をかけられ、振り返った。男の子が両手を伸ばす。

「ぱぱぁ」

「悠心！」

近づいてきた男の人に、私は目を奪われた。

一八〇センチを少し超えているであろう長身。しかもひょろりと長いのではなく、しっかりと筋肉がついているのが服の上からでもわかる。

大きな体に不似合いな小さい顔は、びっくりするくらい整っていた。黒い髪から形のいいおでこがのぞく。

「あなたがお父さん……」

若いパパだなあ。二十代後半っぽい。職場でもこんなにかっこいいパパ、見たことない。

突然現れた筋肉質の美男に胸がときめく。

これは、相手が独身だったら一目惚れしちゃってたかも。

「すみませんでした。ちょっと道を聞かれて答えている間に、いなくなってしまって」

駆け寄ったパパに、男の子を渡す。男の子は安心しきった顔で、パパの厚い胸板に顔を押しつけた。

小柄な私より、よほど安定感のある抱っこ。男の子が彼を慕っていることがわかる。

保育士という仕事柄、なんとなく感じる。

いつも子供の世話をお母さんに任せきりで、たまに育児に参加するレアキャラみたいなパパと子供との間には、微妙に嚙み合わない空気が生まれるものだ。

けれどこの親子には、それがない。

普段から子供の面倒をよく見ているんだろうな。

いいなあ。こういう人が旦那さんなら、奥さんも幸せだ。

ふと彼が走ってきた方向を見ると、きれいなお姉さんふたりがこちらをちらちら見ていた。

もしや、このイケメンパパに道を聞いた人たちかな。

私と目が合ったふたりは、舌打ちでもしそうな顔で去っていく。

まさか、道を聞きたかったんじゃなくて、逆ナンしてたのかな。これだけの美男なら、じゅうぶん考えられる。

「悠心、ごめんな。優しいお姉さんが助けてくれてよかったなあ」

心底ホッとしたようなイケメンパパの表情に、こちらも和んだ。

「パパが来てくれてよかったね。ブルー見られるねえ」

「うん。ぶるー、みる」

男の子……悠心君というらしい。悠心君はにぱっと明るく笑った。あまりにかわいらしくて、こちらも思わず笑顔になる。

「本当にありがとうございました。あの……」

イケメンパパは私の顔を正面から見据え、目を丸くして一瞬固まった。

「なにか？」

首を傾げると、彼は我に返ったように、数度瞬きをした。

「すみません。以前に一度お会いしていると思うのですが、俺を覚えていらっしゃいますか？」

「はい？」

私がこの人と、過去に会っている？

そんなわけはない。こんなにビジュアルが強い人、一度出会っていたら忘れるはずがない。

誰かと間違えてないかな。彼と違って私は凡庸な顔だから、似ている人はいっぱいいそう。

首を傾げた私に、彼は慌てたように言った。

「間違っていたらすみません。俺が二十三のときだから、六年前かな。まだ三尉だった頃、豪雨災害の救助に派遣されたことがありまして」

「三尉？　ということは、あなたは自衛官さん？」

なるほど、それでがっしりした体格をしているのか。

や、ちょっと待ってよ。豪雨災害の救助って……。

「えっ。も、もしかして、六年前、ベランダの手すりに乗っていた私を助けてくれた？」

「そうです！　まさかこんなところでお会いできるとは！」

パパはにっこりと笑った。頬が上がり、目の下に笑い皺ができる。

「ええーっ！　本当に⁉」

思わず大きな声をあげてしまった。

すごい。地元から離れたこの地で、命の恩人に再会できるなんて。

あのときは必死で、救助してくれた彼の顔をしっかり見ることもできなかった。雨に視界を奪われていたこともある。

大きな人だったという印象はあったけど、こんなに素敵な人だったとは。

なんて運命的な……いやだめだめ。相手は既婚者だよ。冷静に冷静に。

興奮する自分を必死に宥めて、笑顔を作る。

「今日はお休みなんですか」

「ええ。この基地に勤めているんです。二年前に転勤してきまして」

ということは、航空自衛官さんなんだ。あのブラックホークで、私を助けに来てくれた。

「あのときは、本当にありがとうございました」

例の災害で、多くの人が濁流に呑まれて亡くなった。私も彼が来てくれなければ、命はなかっただろう。

「当時はちゃんとお礼が言えなかったですよね。すみませんでした」

自衛隊は忙しく、ブラックホークは私を避難所に運んだら、すぐ次の救助に向かっていた。

「いいえ。そんなのどうだっていいんです。よかった、元気そうで」

恐縮したようにはにかむイケメンパパ。

「ええ、おかげさまで。今は隣の市で保育士をしています。それはともかく、よく私のことを覚えていらっしゃいましたね」

自慢じゃないけど、私は十人並みの容姿で、これといって人目を引くような特徴もない。

まさか、自衛官さんって、救助した人を全員覚えているものなのかな？　そんなわけないか。

彼らも救助活動に必死で、ひとりひとり記憶している暇はないはず。

「ああ、ええ……。その、あなたのことはとても印象に残っていて」

「えっ？」

彼は言いにくそうに、自分の太い首の後ろを触った。そして遠慮がちに口を開く。

「救助活動が一区切りしてから、俺は遺体安置所の手伝いをしていたんです」

「安置所の……」

「あなたのお父さんは、消防隊員だった。土砂崩れに巻き込まれた人を救おうとしていて、さらなる土砂に呑まれた」

私の脳裏に、当時の状況が勝手に描かれる。

結局父と再会したのは避難から三日後の遺体安置所だった。

他の消防隊員数名も、同じように土砂に呑まれた。その一報を聞いたとき、気を失いそうになったのを覚えている。

「すみませんでした。俺たち自衛隊は、あなたのお父さんを救うことができなかった」

泥に塗れた父の遺体は、顔だけきれいに清拭されていた。あとで、遺体を収容する際に自衛官が拭いてくれたのだと知った。

父は安らかに眠っているような顔をしていた。

「いいえ、そんな」

父が亡くなったのは、災害のせい。自衛隊が助けてくれなかったからじゃない。

首を横に振るが、彼は悔しそうにうなだれる。

「安置所で、あなたに気づいたんです。俺が助けた女の子だと。でも、ご遺体を前に泣き崩れるあなたに、声ひとつかけられなかった。俺は無力でした」

まるで自分が身内を失ったかのように、悲痛な表情でうつむく彼に、胸が締めつけられた。

助けた人のその後も気にしてくれるなんて、とても優しい人なんだなあ……。

「そんなことありません。あなたのおかげで、私は今、ほら。ピンピンしてます。元気ですよ！」

父のことがあったから、私は彼の記憶に残っていたのだろう。

自衛隊のことを恨む気持ちはこれっぽっちもない。彼らはできるだけの力を尽くしてくれた。

「感謝しています、とても」

水に流され、遺体すら上がらなかった人もいるという。

父に対面できただけ、私は幸運だったのだ。それは、自衛隊のおかげ。

消防隊員である父は、いつか自分が任務中に亡くなることを覚悟していた。

覚悟ができていなかったのは、私だけ。

「あのときはつらかったけど、大丈夫です」

今でも両親のことを思い出すと、胸が詰まる。もっと一緒にいたかったという思いは消えない。

ひとりで生き残るくらいなら、自分も濁流に呑まれてしまえばよかったと思った。

でも今は、生き残ったことを奇跡だと感じている。

生きていたから勉強もできたし、保育士にもなれた。毎日かわいい子供たちといられて、しんどいこともあるけどやりがいを感じている。

それに、いつまでも泣いていても、両親はきっと喜ばないから。

へらりと笑ってみせると、彼は苦笑寸前といった表情を返した。

「あのう、もしよかったらお名前をうかがっても？　俺は一等空尉の、秋月健心といいます」

「水原亜美です」

「亜美さん」

いきなり名前呼びされ、ドキッとした。

「よかったら、一番見やすい場所でブルーインパルスを見ませんか？」

「へっ」

秋月さんは、また笑い皺を寄せていた。

「自衛官の特権です。行きましょう」

「あ、でも私、友達と来ていて。はぐれちゃったんですけど」

「お友達？　彼氏さんですか？」

空尉の顔が曇った。

「いいえ、ミリオタ女子です。ひとりで最前列まで走っていっちゃって」

「あの最前列へ？　やるなあ」

曇ったと思ったら、また晴れたように笑う。

コロコロ変わる表情から、目が離せない。

「最前列のようにブルー隊員の顔は見られませんが、ショーはしっかり見られる場所があります。自衛官しかいないので、空いていますよ」

「いいえ、私、付き添いで来ただけで」

私はただの一般人なのに、自衛官しかいない場所に入っていいのかな。

逡巡する私に向かい、悠心君が手のひらをひらひらさせて言った。

「おねーちゃ、いここ」

一緒に行こうという意味かな。手招きしているようにも見える。

「行きましょう。この子の恩人に恩返ししなくては」

爽やかすぎる笑顔が眩しい。

家族も一緒に行けるなら、親戚ということにしてお邪魔すれば大丈夫かな？

それに、もう少し秋月さんのことを知りたい。

私を助けてくれた人は、どういう人なのか。

「じゃあ……お願いします」

やっと承知した私に、秋月さんはニッと口角をあげ、白い歯列を見せた。

数分後、私は基地内にある教育課棟の屋上にいた。

「間に合った」

ここは一般客立ち入り禁止区域なので、私と秋月親子の他に、数人の自衛官とその家族らしき人々がいた。

一般の人がいない屋上は、地上とは別世界のようにすっきりとしている。なににも邪魔されず、晴れ渡った空を眺めることができる。

航空祭のアナウンスが、なんとなく聞き取れた。ブルーインパルスの演技の前に、パイロットの紹介をしているようだ。

やがて大きなエンジン音が聞こえ、白と青に塗装された機体が四機、揃って空へ舞い上がった。

「わあ……」

「あれをダイヤモンド隊形といいます」

四機はこちらに挨拶するように、機体を傾ける。上から見たように、全体のカラーリングがよくわかった。

ふと秋月さんの方を見ると、ワクワクを隠し切れない少年のような顔をしていた。抱かれている悠心君も同じ表情をしているのがかわいい。

「ほら、五番機と六番機が出ますよ」

ブルーインパルスの展示飛行は、四機の編隊と、二機の単独機が交互に課目を繰り返すことになっているらしい。

かわいい親子に見入っていた私は、空の方へ向き直った。

「ローアングル・キューバン」

秋月さんが課目名を教えてくれるけど、覚えられそうにない。

それよりも空中で逆さまになった飛行機が目の前でクルクル横にロールする様子に、ハラハラした。

四機の一糸乱れぬ編隊飛行といい、ちょっと間違えただけで大事故になりそう。

すごいぞブルーインパルス。ハラハラと感動を同時に与えてくれる。

私はすぐに、ブルーインパルスの虜になってしまった。

「チェンジ・オーバーターン」

「おばたーん」

悠心君が無邪気に手を振る。

ソロの一機が加わった五機が、縦一列の隊形から、スモークを出しながら傘の形に広がる姿はとんでもない迫力があった。

「すっご……」

「あれ、優雅に見えて実はものすごいGがかかってるんですよ」

G。ああ、重力のことか。そりゃあそうだよね。

実際にはジェットコースターなんか比較にならないくらいのスピードが出ている上に、あんなに回ったり上昇や下降したりしているんだもの。

普段から命がけの厳しい訓練をしているんだろうと思うと、胸が熱くなる。

そのあとも秋月さんの説明を聞きつつ、ダイナミックな演技に見入った。

スモークを出しながら等間隔に開いていく編隊もすごいが、ソロの二機が会場の左右から現れ、空中で交差して連続ロールする姿には、思わず手で顔を覆ってしまった。

すごいけど怖い。どうすればあんなのできるメンタルが身につくのか。

「大丈夫ですよ。ほら、目を開けて」

落ち着いた秋月さんの声が聞こえたかと思うと、そっと手を摑まれて心臓が余計に煽られた。

秋月さんに摑まれた手が顔から離れて、視界が広がる。

晴れ渡った青い空に、二機のブルーインパルスがスモークで大きなハートを描く。

その真ん中を、もう一機が貫くようにスモークを出して飛行していった。

「キューピッドです」

「わあ、まさしく！　かわいい！」

キューピッドの矢がハートを貫いて見えるよう、あとから侵入した一機は途中でスモークを消し、再び出す。

絶妙なタイミングに興奮し、思わず体がぴょんぴょん跳ねてしまった。

気分が高揚した私は、再び演技に見入る。

六機合わせて傘型に広がり、空にスモークで巨大なアーチを描く様子に圧倒された。

「さあ、そろそろ終盤です。次はすごいですよ」

最初からずっとすごいと思っていたのだけど、秋月さんがそう言うので、期待が増した。

ソロ機が英数字の八の字を描いた空に、残りの五機が舞い上がる。

上空でそれぞれの方向に散開し、スモークが白い花を描いた。

と思ったら、スモークを切って散らばった機体が一斉に、消えていく白い花が浮かぶ上空に戻ってきた。

「えっ、なにこれ。えっ、すごいすごい！」

それぞれの機体がスモークをオンし、別の方向から現れた機体のスモークの開始地点を目指して飛行する。

五機が描いた直線が繋がって、空に大きな五芒星が生まれた。

「きらっきらっきらー」

悠心君が秋月さんの腕の中で、両手をひらひらさせる。夜空に瞬く星を表しているのだろう。

「すごいねえ！」

「しゅごいねー」

話しかけると、悠心君は目をキラキラさせ、頬を紅潮させて答えた。私もこんな顔をしているんだろうか。

興奮冷めやらぬ間にすべての課目は終わり、ショーは無事に終了した。

「終わったね……」

なんだか手が温かいことに気づいて見ると、右手が秋月さんの手と繋がっていた。

さっき顔を隠そうとした手をどかされたときから、ずっと繋がれていたらしい。

「あっ、すみません」

「いえいえ……」

秋月さんも今気づいたような顔をして、手を離した。

大きくて厚い手だった。子供の頃繋いだ父の手を思い出す。

「ぱぱ、もっかい」

「もう一回はさすがに無理じゃないかなー。パイロットもくたくただよ」

悠心君のおねだりに、秋月さんは苦笑で応えた。

そういえば基地に着くまでのバスの中で、ブルーインパルスのパイロットは展示飛行の前にサイン会や撮影会をすることもあると萌に聞いた。

萌は別の航空祭でブルーのパイロットと撮った写真を持っているので、今回は遠慮したらしい。

毎回長蛇の列ができるって言ってたな。

今なら納得。生でブルーの演技を見たら、それまで興味なくても、好きになっちゃうもん。

ファンの対応までしたパイロットは、間違いなくくたくただ。

不服そうな悠心君の頭を優しく撫でた秋月さんは、静かになった空を仰ぐ。

その視線が寂しそうに見えたのは、気のせいだろうか。

「あの、ありがとうございました。とっても楽しかったです」

空いた場所で落ち着いて見ることができたおかげか、いつの間にか演技に夢中になっていた。

「いいえ。楽しんでもらえてよかった」

特にキューピッドはかわいかったな。女性ファンも増えるわけだ。

こちらに微笑みかける秋月さんの目から、寂しさは感じられない。やっぱり、気のせいだったかな。

「ぱぱ、おなかすいた」

「そうか。じゃあ、なにか食べに行こう。亜美さんもどうですか」

悠心君を抱えた秋月さんに誘われ、胸が高鳴った。いや、だめだめ。相手は妻子持ちだもの。

「いえ、奥様に悪いので」

手を振って断ると、秋月さんは気まずそうに笑った。

「奥さんはいないんです。結婚歴もありません」

「え？　でも、パパって」

「……いろいろと、事情がありまして。俺が引き取ったんです」

悠心君は疲れたのか少し眠そうな顔で、自分の指を吸っている。

引き取ったってことは、悠心君は秋月さんの実の子ではないってこと？　未婚のまま誰かに生ませた子供を養育しているって可能性もある？

いくら悠心君がまだ難しい言葉がわからないとしても、本人を前にして言うのをためらう事情があるのだろう。それ以上は聞けない。

「みんな帰りだしたな」

一般客がぞろぞろと動きだしたのが、屋上から見えた。

ブルーインパルスの演技が終われば、航空祭も終わり。

来る前は、お祭りの終わりをこんなに寂しく思うなんて、予想もしなかった。

でも……うん。秋月さんに会えてよかった。

あの日助けてくれた人が、元気でいてくれたのだと思うと、ホッとした。

「お友達、いるんでしたね」

秋月さんが下を見ながら言った。

「そうだ、萌！」

バッグからスマホを出したが、演技が始まる前に来たと思われる【どこ？】【私は前で見てるね】というメッセージを最後に、萌からはまだ連絡が来ていない。

「あの、亜美さん」

萌に電話をかけようとした私に、秋月さんが自分のスマホをポケットから取り出して見せた。

「よかったら、俺と連絡先を交換してくれませんか」

「えっ？」

「保育士さんなんですよね。育児のアドバイスとか、いただけたらって……迷惑かな」

照れくさそうに笑う秋月さんの眉が、下がっていた。一直線の、意志の強そうな眉毛だ。

保育士だから、優しそうに見られたり、育児のプロだと思われることはよくある。

だけど実際は、自分の子を生んで育てた経験はない。あくまで私ができるのは、保育だ。

「わからないことだらけで、毎日手探りなんです」

「そうですか。いいですよ。お力になれるかわかりませんが」

「本当ですか」

自衛官をしながら子供を育てるのは、苦労も多いだろう。

それに、他でもない秋月さんの頼みだもの。命の恩人の頼みは断れない。

私たちは連絡先を交換し合った。秋月さんのメッセージアプリのアイコンは、飛行機の写真だった。

「秋月さん、いつもはどんなお仕事をされているんですか？」

航空自衛隊と一口に言っても、様々な仕事がある。

「一応パイロットです」

はにかむように答えた秋月さんの答えに、一瞬固まった。

「パイロット……。パイロットでも、災害救助することもあるんですか」

「あのときは人手不足で、俺たちは他の基地から応援に行ったんです。だからなんでもやりました。普段は戦闘機に乗っています」

輸送機、救難ヘリ、飛行機にもいろいろあるけど、まさかの戦闘機パイロット。

さっき見たばかりの展示の中に、戦闘機の説明をするパネルがあった。

よその国の飛行機に領空侵犯されたとき、空自の戦闘機が緊急発進することをスクランブルという。

スクランブル発進した戦闘機は、相手に警告を出して追い払う。

「今日は乗らないんですか」

ブルーインパルスの前に、戦闘機のデモフライトもあった。

「ええ。今日は非番でして」

本当にパイロットなんだ。嘘を言っているようには見えない。

そんな……。

盛り上がっていた気持ちがしぼんでいく。

汗ばんだ私の手の中で、スマホが震えた。慌てて画面をタップすると、『そろそろ帰るよー。どこにいるのー?』と萌ののんきな声が聞こえてきた。

「友達と連絡が取れましたので、私はこれで。ありがとうございました」

ぺこりと頭を下げ、秋月さんに背を向けた。

彼はなにも悪くない。ただ私は、命の危険がある職業の人が苦手なのだ。

お父さんを亡くしてから、そういう職業の人は親しくなってもいつか亡くなってしまうかもしれないと思うようになってしまったから。

萌と話の続きをしようとスマホを耳に当てると、もう一方の手を不意に摑まれた。

「また、会ってください」

振り返ると、秋月さんが真っ直ぐに私を見つめていた。

「もっと、話がしたいです。近いうちに。また連絡します」

低い声に胸をかき乱される。

それって、どういうこと？　もしかして、恋愛対象として意識され……いや、まさかね。こんなに素敵な人だもの、引く手あまただろう。わざわざ平凡な私を選ぶ理由はない。

恋愛に免疫がないから、誤解しちゃいそう。あまり親しくなってはいけないと思っているのに。

「ええ、また……」

曖昧に返事をすると、悠心君が小さな手を振った。

「またねー」

「うん、またね」

なんだか気まずくて、秋月さんの目を見られなかった。

私は悠心君に笑って手を振り返し、逃げるようにその場から離れた。

彼のお願い

こども園は今日も大忙しだ。

私は年長クラスの担任補助をしている。子供たちはかわいいけど、全体に目を光らせるのは大変だ。

「先生、ももちゃんが落ちたー！」

午前中、園庭で外遊びをしていたとき、子供たちにエプロンを引っ張られた。

彼らが指さす方を見ると、私の身長くらいのうんていの下で、ももちゃんが腹ばいになって倒れている。すでに別の職員が、彼女の近くにいた。

「コウモリみたいに足でぶら下がったんです」

「その格好から落ちたの。痛かったねえ」

ももちゃんは自分で立ち上がり、私にしがみついて泣いた。大きな声だ。ホッと息を吐く。頭を打ったりはしていないみたい。

「お顔洗おうね」

ももちゃんを抱いて手洗い場へ行き、砂がついた顔を洗う。口元に血が滲んでいたので、よく観察した。

「あーんしてみて。うん、歯は折れてないね」

どうやら唇を切ったみたいだ。

場所が場所なので、消毒液を吹きかけることも絆創膏を貼ることもできない。

「おうち帰るううううう」

ももちゃんはいじけて、膝を抱えて泣きじゃくる。

担任の保育士が抱いても、お友達が声をかけても、彼女が復活することはなかった。

「水原先生、お母さんに連絡してください。きっと給食も食べられないわ」

園長先生がももちゃんの腫れあがった唇を見て言った。

ももちゃんも帰りたがっているけど、彼女のお母さんは働いている。早退して迎えに来てくれと言うのは、気が重い。

緊張しつつ、ももちゃんのお母さんに電話をかけると、すぐに繋がった。

ももちゃんが怪我をしたこと、すっかりちーんといじけて家に帰りたがっていることを伝えると、お母さんの暗い声が聞こえてきた。

『さっき預けたばっかりなのに。大したことないなら、置いておいてくださいよ』

「私たちはいいんですけど、ももちゃんが……」

こっちの言葉は、お母さんの舌打ちで遮られた。

『わかりましたよ。行けばいいんでしょ、行けば』

投げ捨てるようなセリフに反応する間もなく、電話は一方的に切られてしまった。

ああ、申し訳ない。

ももちゃんは他の職員が「危ないよ」と声をかけた瞬間に落ちたという。

いくら見ていても、助けられないことはある。

それはお母さんもわかってくれているようで、迎えに来たときに謝った私を非難することはなかった。

「もも、気をつけなさいよ。コウモリだめって、前も言ったでしょ」

ももちゃんはお母さんに注意されても、どこ吹く風。うれしそうにぎゅっとしがみついて離れない。

「すみませんでした、お母さん」

「いーえ。もういいでーす。さようならー」

お母さんの投げやりな声が、ざっくりと心に突き刺さった。

いきなり仕事を早退せねばならなくなったときの気まずさやストレスは、私もよくわかる。

私がももちゃんのメンタルを回復できれば、お母さんが早退することもなかったのに。

自分の非力さに打ちひしがれていると、お母さんとのやりとりを見ていた副園長に笑って肩を叩かれた。

「あんなの気にしてちゃこっちのメンタルがもたないよ。首の骨折らなかったんだから、いいじゃないか」

副園長は、このこども園を運営しているお寺の息子。三十四歳。住職の息子だけど、お坊さんになるのを拒否し、保育士になった変わり者だ。ラーメンみたいなパーマヘアにひょろりとした体。おしゃれっぽいけど、園では少し浮いている。

いいのかなあ。結果的に大丈夫だったけど、一歩間違えば大事故だったんだもん。しかもお母さんに迷惑をかけちゃった。

「仕方ない。元気がない亜美ちゃんに、なにかおごってあげようかな。今夜暇?」

若い女性職員だけを名前とちゃん呼びにするのが気持ち悪い。

「いいえ、今日は食欲がないので、やめておきます」

やんわりと断り、とぼとぼと仕事に戻る。

給食を終え、昼寝の時間になったら、私たちも休憩……とはいかず、連絡帳を書いたり、細かいデスクワークをしたりと、ほとんど働きっぱなし。

定時になって、やっとスマホを見た。

萌から食事のお誘いが来ていたので、すぐに「行く」と返事をした。


「あ～今日も疲れたなー！」

「ほんとほんと」

私たちは自宅アパートの近くの古い居酒屋に集合した。萌は仕事場からタクシーで来てくれた。

周りには、仕事帰りのサラリーマンが溢れている。

あまり女子会には向いていないけど、保護者……特にお母さん方と会う確率も低いので、いつもこういうところを利用しているのだ。

萌も仕事のストレスが溜まっているようで、ビールをぐびぐびと飲み干した。

子供はかわいいけど、彼らと楽しく遊んでいるだけで済む仕事じゃないもんね。

「なにい？　自衛官に誘われただと？」

「うん。社交辞令だったかもしれないけど」

私たちは焼き鳥を食べながら話をする。

航空祭から二週間が経ったけど、秋月さんからの連絡はない。

あの帰り、なんとか萌と合流するも、シャトルバスがぎゅうぎゅう詰めで、話す気力も失っていたのだ。当日の話をすると、萌は目を輝かせた。

「救助してくれた自衛官と六年越しの再会かー。いいなあ、運命的だなあ」

「漫画かドラマみたいだよね」

そういうものなら、そこから恋が始まったりしたんだろうけど。

逃げるように帰ってきたくせに、連絡がないといじけてしまう。

こんなに面倒くさい女だったのか、私。

「しかし、また会いたいってことは、もう告白されたも同然！　羨ましい！」

真っ赤になった萌がビールのおかわりを注文した。

「そんなことないよ」

「そういえば、相手の階級は？」

全然こっちの話を聞いていないみたい。

まったく、自衛隊って聞くと、見境なくなっちゃうんだから。

「たしか、一等空尉……だったかな。戦闘機パイロットだって」

「な、なぬう!?」

萌は目を見開いた。

「なに？」

「なにってあなた。二十九歳で一尉、しかも戦闘機パイロット。それっておそらく、防衛大出身のエリートだよ！」

どうやら一般の大学や高校を出て自衛隊に入隊するのと、防衛大を出るのでは、昇進のスピードが違うらしい。

私にはそのすごさがよくわからないけど。

ちなみに防衛大っていうのは普通の大学とは違い、自衛隊の幹部を養成する教育施設で、超難関大学並みに入るのが難しいらしい。

「パイロットって、訓練したら誰でもできるんじゃないの？」

「バカモン！　同じ性能の機体でも、パイロットの腕で動き方が全然違うんだから！　そもそもパイロットってなかなかなれないんだよ。適性テストとか、身体テストをパスしないと……」

萌の説明は続く。防衛大の他に航空学生というのもあるとか、うんたらかんたら。

とにかく、秋月さんはすごい人なのだそうだ。

「ブルーインパルスとどっちがすごいの？」

「バカモン！　ブルーはアクロバット専門、戦闘機は戦闘専門。ジャンルが違うわ！」

二回もバカと罵られ、さすがの私もムカッときた。

「もういいよ、自衛隊の話は」

「よくなーい！　好意を持ってくれてる戦闘機乗りを無視するなんて言語道断！」

「だから、好意なんてないってば。私がお父さんを亡くしたところを間近で見ていたから、気にしてくれているだけだよ」

ぴたりと萌が静かになった。お父さんのことが話題に出たからだろう。

「そうか、それからずっと亜美のことが気になっていたんだね」

「う……ん。心配だったんだよ、きっと」

私自身、遺体安置所で父と対面してからのことはよく覚えていない。

泣き崩れたのは覚えているけど、どれだけそうしていたとか、そのあとどうやって避難所に戻ったのかとか、細かいことは忘れてしまった。

おばさんは、「きっと、あまりにショックが大きかったから、脳が記憶に蓋をしたのよ」と言っていた。

「それに、彼は子供をひとりで育てているの。なにか事情があるみたい。恋愛している余裕なんてないよ」

　私は冷めそうな焼き鳥を口に運んで咀嚼した。

　もぐもぐしている私に、萌は落ち着いた声音で言う。

「じゃあ、私にその人紹介してよ。連れ子がいてもいいから」

「えっ」

「亜美はその人に興味がないんだよね？　じゃあいいじゃん。私なら、エリートパイロットとの出会いを逃したりしない」

　挑戦的な目をする萌。私は絶句してしまった。とりあえず咀嚼していた焼き鳥を飲み込む。

　別に、秋月さんに付き合ってほしいとか、そういうことを言われたわけじゃない。また会いたい、育児についてアドバイスが欲しいと言われただけだ。

　だから、萌を紹介したってなんの問題もない。萌だって保育士だし、ミリオタだから私よりも話が合うだろう。

　秋月さんの顔を思い出すと、胸の中がモヤモヤとした。

「ほらあ。なんだかんだ、意識してんじゃん。私に紹介するのは嫌なんでしょ？」

「そ、そんなこと」

「いいのいいの。冗談だから。運命には勝てないわ。でもその人から別のパイロットは紹介してもらえるんでしょうね？」

「いやいや……」

私は残っていたチューハイを飲み干す。すっかりぬるくなっていた。

「とにかくお誘いがあったら、一度は会ってみるのよ。ううん、こっちからお誘いしてみなさい。わかった？」

首肯するまで、グイグイ迫ってくる萌が引いてくれそうにない。

もう、萌ったら。結局は自分が自衛官を紹介してほしいだけじゃん。

仕方なくうなずくと、萌は満足そうに笑った。


萌と別れ、自転車を押して家に帰る。

仕事の愚痴を言い合うつもりが、思わぬ方向へ話が逸れてしまった。

街灯が照らす道を歩きながら、秋月さんのことを考えてしまう。

命の恩人に、いつかはお礼を言いたいと思っていた。恩人が元気だったらいいなと、思い返す日もあった。

けどまさか、本当に再会するなんて思ってなかった。

しかも、六年前はじっくり向き合う余裕もなかった彼は、思っていたよりもすごく素敵な人で……。

航空祭のときの、悠心君を見つめる優しい瞳。

ブルーインパルスの演技課目を説明するときの、少年のような笑顔。

そして、ほんの一瞬垣間見た、寂しさの欠片。

意識していると言われれば、しているのかも。

こんなに異性のことが気になるのは、生まれて初めてだ。

いやでも、まだ恋とは言えない。

「ま、あれこれ考えててもね。誘われなければ、なにも進まないわけだし」

子持ちでなくともパイロットでなくとも、男性を自分から誘う勇気が私にはない。

駐輪場に自転車を停め、アパートの階段を上る。

玄関のドアを開け、靴を脱ぎ、いつもの癖でスマホを取り出し、固まった。

秋月さんからのメッセージが、来ていた。

金曜日、定時を迎えた私はすっくと席を立った。

もう園児はとっくにお見送りした。今園庭にいるのは、延長保育の園児たちだけ。

今週中に済ませなければならないデスクワークもちゃんと終わらせた。

「お疲れ様ですっ」

いつも空気を読んで、先輩保育士さんたちが帰るまで私もだらだらサービス残業をしてしまうが、今日はできない。

なぜなら、明後日、秋月さんと会うことになってしまったから。

【悠心もいますが、一緒にお食事しませんか。よろしくお願いします】

三日前に来たのは至極シンプルなメッセージだったけど、私を戸惑わせるにはじゅうぶんだった。

自衛官は公務員だから、基本土日は休みらしい。

スマホを持って三十分、あーでもないこーでもないと考えた挙句、【いいですよ～】と気の抜けたような返事をした。

あとでこれじゃいけなかったかなと思い、【うんうん】とかわいくうなずくクマのスタンプをつけておいた。

というわけで、日曜に秋月さんと悠心君と会うことになったのだ。

今日服を買いに行き、明日は美容院に行かねばならない。

別にデートというわけじゃないけど、命の恩人の前で汚い格好は失礼だものね。

航空祭で唯一のお出かけ服を見られてしまったから、別の服が欲しい。

平日はずっと仕事なので、Tシャツにジーパン、またはジャージパンツくらいしかない。かわいいエプロンは、三着もあるけど。

そして、仕事のストレスで荒れ果てた髪をなんとかしたい。カットとカラーとトリートメントを予約したので、三時間はかかる。服を買うなら今日しかない。

「なんだかウキウキしてるね～。もしかしてデート？」

二つ上の美奈子（みなこ）先輩が、パソコンの前に座ったままニヤニヤしてこちらに声をかけた。彼女は私が補助するクラスの担任だ。

「そんなんじゃありません！」

むきになって否定すると、ラーメン頭の副園長が物陰からぬるっと現れた。

びっくりして数歩後退した私を、彼はにらむように見て言う。

「亜美ちゃん、急で悪いけど、明日出勤してくれないかな」

「えっ？」

それはおかしい。私は基本、土日祝休みで契約している。

土曜保育もしているが、それはパートの保育士さんが担当のはず。

「誰かお休みなんですか？」

どうしても人手が足りないなら、午前か午後だけ出勤という手もある。

誰も出なくて困るのは、子供たちとそのお母さんお父さんたちだものね。

「いや、うん。そう。そうなんだよ」

副園長の様子がおかしい。答え方がしどろもどろというか……。

美奈子先輩の方を見ると、彼女はこくりとうなずいた。

「じゃあ、私が出ますよ。もちろん休日手当出るんですよね？」

「え？　いや、僕は亜美ちゃんにお願いしていて」

美奈子先輩の思わぬ助け舟に、副園長はたじろいでいるように見える。

「私じゃ不服ですか？　亜美先生よりベテランですが」

「いや、不服というか……」

美奈子先輩がこちらに目線を送ってきた。今のうちに帰れという意味かな。

「お先に失礼します！　先輩、ありがとうございます！」

それ以上声をかけられないよう、私はささっと踵を返し、小走りで職員室を出た。

通勤用自転車にまたがり、全力で漕ぎだす。

副園長、いったいなんなんだろう。パートさんが休みなんて聞いてないし、急すぎる。

えっちらおっちら、三十分自転車を漕いで、やっと衣料品店にたどり着いた。ちょっと行けば航空自衛隊の基地がある田舎だ。洒落たお店などないけど、ここでじゅうぶん。

衣料品店といっても、全国展開もしていて、人気ファッションブロガーとのコラボ商品も扱っている。

自転車を停め、バッグからスマホを出した。トークアプリに、美奈子先輩からメッセージが来ていた。

【土曜出勤なくなりました。パートさんも休みの予定なし。ラーメン君、デートが羨ましくなって邪魔しようとしたのかな？　性格悪すぎ。キモッ】

語尾にウサギの口からキラキラの滝が出ている絵文字がついていた。しかも副園長の髪をラーメンで例えている。

他人の幸せを邪魔したいからって、嘘ついて土曜出勤させようとする？

きっとなにかの勘違いだと信じたい。

【私が余計なこと言ったからだね。ごめんね。デート楽しんで！】

今度は、るんたるんたと楽しそうに踊るパンダのスタンプ。

助けてくれたのはありがたいけど、デートじゃないってば。

とりあえず【デートではありませんが用事があるので助かりました。ありがとうございます】と返事をしてスマホをバッグの中にしまい、店内に足を踏み入れた。

日曜日、私は待ち合わせ場所の郵便局前に三十分も早く着いてしまった。

なぜ郵便局前かというと、私が住んでいる辺りに、これといって目印になるような建物がないからだ。

秋月さんは基地の近くに住んでいるらしい。うちから基地の近くまでは電車とバスを乗り継いで行かねばならない。交通の便が悪くて不便だ。

幸い秋月さんがアパートの近くまで迎えに来てくれることになり、ならばと徒歩五分の郵便局を指定したのだった。

「さすがに早すぎたかな……」

手持ち無沙汰なので、スマホをいじる。

メッセージアプリに、萌から「ファイト！」というスタンプが届いていた。

いったいなにと戦えというのか。

一応デート……じゃない、食事することになったと伝えたら、萌は狂喜乱舞し「空自とのパイプができた！」と叫んでいた。

私は彼女に自衛官を紹介するために、秋月さんに会うわけじゃないんだけど。

きっといつもの愉快な冗談だろうと理解し、スルーしておいた。

秋月さんは基地近くのお店でお食事しましょうって言ってたけど、ひたすら検索しても、一向におしゃれなお店はヒットしない。

基地の近くにある空港とか、ショッピングセンターのフードコートがギリギリ引っかかるくらい。

どこに行くのかとドキドキしていると、駐車場に一台の車が入ってきた。

どきりと胸が跳ねあがる。

力強さを感じさせる白いボディのＳＵＶ。その運転席に、秋月さんの顔が見えた。

彼のイメージにぴったりの車だ。

「すみません、お待たせして。早く出たつもりだったんですけど」

「い、いえいえ。私が早すぎたんです」

車から降りてきた秋月さんは、やっぱり見上げちゃうくらい大きい。

「髪、切ったんですね。似合ってます」

昨日美容院に行き、ロングだった髪を切り、肩につくくらいにした。

以前会ったときは髪をまとめていたので、気づかれないかなと思っていた。わかってくれただけでうれしい。

六年前に会った私に気づいたくらいだものね。もともと記憶力がいいのかも。

「どうぞ、乗ってください」

彼は助手席のドアを開け、私をエスコートする。

後部座席を見ると、悠心君がチャイルドシートに座ったまままこちらを見ていた。

「悠心君、こんにちはー」

「こんちゃ」

よいしょと助手席に乗り込みながら挨拶すると、悠心君はにこっと笑った。

はあ、かわいい。二歳児癒される～。

悠心君に注意を奪われ、足元を見るのを忘れていた。

私はロングスカートの裾を思い切り踏みつけ、足を滑らせた。

息と心臓が止まりそうになる。無意識に強く目を瞑った。

「おっと」

アスファルトに投げ出されるはずだった私の体を、誰かが後ろから抱きしめるように支えた。

「大丈夫ですか」

後頭部で低い声が響いて、気づいた。私、秋月さんにバックハグされて……違う。

助けてもらったんだ。

「わああ！　ごめんなさい！」

私は彼のたくましい腕から抜け出し、数歩離れた。

密着してしまった。恥ずかしい。

というか、いい大人なのに転びそうになったこと自体が恥ずかしい。

「全然大丈夫です。亜美さん、軽いですね。昔もそう思ったけど」

昔、とは災害のときに救助してもらったときのことだろう。

あのときも無我夢中で他のことを考える余裕なんてなかった。

しかしよく思い返せば、これ以上ないくらい密着していたはずだ。

「ほら、ゆっくり乗ってください」

秋月さんは余裕の表情で、私に手を貸す。

男性特有の腕の線がくっきりと見えた。

「ありがとうございます」

いきなりやらかしちゃった。今後は注意しなきゃ。

助手席にしっかり座ってシートベルトを装着した。車は静かに発進する。

「すみません、悠心を預けるところがなくて、連れてきちゃいました」

バックモニターを見ながら器用に駐車場から出る秋月さん。さすがパイロット。

「全然大丈夫です！　子供好きなんで」

私としては、いきなり秋月さんとふたりきりは緊張してしまうので、いてくれてありがたい。

「いつもは実家の協力を得て仕事をしているんですけど、今日は母が旅行に行っていて」

「実家が近いんですか。心強いですね」

「ええ、本当に助けてもらっています」

「仲がいいんですね」

「はは。母は俺より悠心にメロメロでしてね」

後部座席を見ると、悠心君がにへっと笑った。愛嬌がある、かわいい子だ。みんなに愛されて育てられているのがわかる。

私は他人のことながら、ホッとした。

シングルファザーの家庭はシングルマザーに比べると、まだ少ない。しかも萌から聞くと、戦闘機パイロットは夜勤があるとのこと。

土日も基本的には休みだけど、待機の当番があることなどを聞いていたので、そのとき悠心君はどうしているのだろうと思っていたのだ。

どうやら秋月さんは実家との関係が良好らしい。

職業柄、子供がつらい思いをしているのを放っておけないので、悠心君はそうでないことがわかってよかった。

「そうだ、勝手に俺が行きたい店に向かっているんですけど、よかったですか？　お腹空いてます？」

秋月さんはハッとしたように言った。

どうやらデート慣れしていないみたいだ。

「特に好き嫌いもないですし、お腹もそこそこ空いてます」

「ああよかった。基本基地にいるので、おしゃれな店とか全然わからなくて。すみません」

「おしゃれじゃなくて大丈夫ですよ」

自分だって、普段友達と行くのはサラリーマンだらけの居酒屋だし。

おいしければ、店のたたずまいは気にしない。むしろ、穴場を発掘できる方が楽しい。

「よかった。実は俺、大人になってからデートするの初めてなんです」

赤信号で照れくさそうに笑う秋月さんがこちらを見た。

「またまた……」

「嘘じゃないです。自衛隊って、男が多いから出会いがないんですよ。幹部になるまでは営内生活ですし」

防衛大に入ったときから、男ばかりの寮生活で勉強と訓練に明け暮れていたということか。

でも、この前も逆ナンされかけていた雰囲気だったし。

寄ってきた女性の気持ちに気づかず、スルーしてきちゃったってだけじゃないかな？

だって、この見た目で、エリートパイロットで、モテないわけがない。

「今は女性自衛官だっているでしょう？」

「ええ、いますよ。でもやはり数が少ないので、取り合いになりますね」

取り合い……モノみたいな言い方はどうかと思うけど、実際に男性ばかりの職場に女性がひとり交ざったら、そうなるよね。

幹部以外は基地か官舎に住んでいるし、外出には手続きも必要だし、なかなか外で彼女を見つける機会も、見つけたとしてもゆっくり会う時間もない。

それに比べ、同じ自衛官なら訓練中も演習中も、ずっと一緒だ。そりゃあ好きになっちゃうよ。

「秋月さんの基地には女性がいないんですか？」

「いますが、なかなか会いませんね。俺は訓練で、上にいることが多いので」

秋月さんが天井を指さした。空の上、という意味だろう。

話をしていたら、車はだんだん基地の方へ近づいてきた。航空祭のときにシャトルバスで通った覚えのある道にさしかかる。

秋月さんが車のスピードを落とし、道沿いのお店の駐車場に入った。

ここまでも、ずっと法定速度を守った安全運転だった。びゅんびゅんスピードを出されたらどうしようかと思っていたけど。

むしろ戦闘機に乗っているからこそ、スピードの怖さを知っているのかも。

「まんま、まんま」

車が停まると、今まで静かだった悠心君が後ろの席から声を出した。

「ここに来るとご飯だってわかってるんですね」

「はい。常連と言ってもいいくらいで」

秋月さんは後部のスライドドアを開け、ひょいと悠心君を抱えて降ろした。

彼がやると悠心君がとても軽そうに見えるけど、実際の二歳はお米の大きい袋よりも重い。

毎回子供を上げ下ろししているお母さんたちの多くは、肩や腰の痛みを訴える。

そうかあ、筋肉をつければつらくないのか。って、子育てしつつ筋肉をつけている余裕のある人が、果たしてどれくらいいるだろう。

悠心君と手を繋いで歩く秋月さんの後ろをついていく。

目の前のお店は、はっきり言っておしゃれさの欠片もない。色褪せた屋根に、明朝体の看板。何年塗り替えていないんだろうという苔が生えた壁。

普通の女子だったらドン引きするかもしれないけど、私はワクワクしていた。

「『孤独な食事』に出てきそう……」

中年男性が飲食店で心のままに食事をする様子を描いただけの深夜ドラマがある。

主人公のモノローグが愉快で、なんとなく見てしまうのだ。

「あ、俺もそのドラマ好きですよ。おじさんが穴場の飲食店を探して、ひとりでご飯食べるやつですよね」

「そうです！　面白いですよね！」

同年代に人気があるのは恋愛ドラマや動画アプリ、またはＳＮＳで、深夜のおじさんがご飯を食べるだけのドラマが面白いと言う私に賛同してくれる人は少ない。

秋月さんも同じドラマを見ていると思うと、親近感が湧いた。

このお店も、自分ではたどり着かなかっただろう。見つけたとしても、入りにくくてスルーしたかもしれない。

実は隠れた名店なのでは……という期待を胸に、秋月さんの後ろに続いた。

「いらっしゃーい。あら空尉。嫁さんをもらったのかい？」

ガラガラと引き戸を開けた途端、元気のいい声で迎えられた。

バンダナを三角巾代わりに頭に巻いているエプロン姿のおばさんが、私をジロジロと見る。

「おばさーん。そういうことばっかり言うから、若いお姉ちゃんが来ないんだよ」

「別にいいよ。うちは自衛官相手に食ってんだから」

おばさんは席に案内することもなく、カカカと豪快に笑っているだけ。

大人たちの間をすり抜けた悠心君が、空いている隅の座敷席にとてとてと走っていった。

意外や意外、店内は七割ほどの席が埋まっていた。

ガタイのいい男性が多い。みんな自衛官なのかな？

「すみません、せっかくかわいい格好をしてきてくれたのに。やっぱり街まで出た方がよかったかな」

悠心君の隣に座った秋月さんが頭を掻く。

私の格好が、店の雰囲気から浮いていることを気にしたのだろう。

「そんなの全然気にしないでください。ここ、人気なんですね。人がいっぱい」

私たちのあとにも、お客さんが二組やってきた。

「そう言っていただけると……」

「ゆうくん、うどん、たべるー」

秋月さんの言葉を遮り、悠心君がテーブルを叩く。

壁際に立ててあったメニューを見ると、写真がなかった。代わりに簡素な文字が並んでいる。

「ロースかつ定食、ひれかつ定食……」

どうやらここは揚げ物専門店らしい。揚げ物メニューがずらりと列になっている。

とんかつ、から揚げ、エビフライ、アジフライ。

悠心君の言ううどんは、端っこに申し訳程度の小さい文字で書かれていた。

ちらっと近くの席に目をやると、大きな男の人ががぶりととんかつにかぶりついていた。結構なボリュームがある。そして、おいしそう。

ドラマの主人公のように、私は考える。

さて、どうしようかな。看板メニューらしいとんかつは間違いなさそう。でもタルタルソースが好きなので、エビフライも捨てがたい。

「そうだ、空自の名物メニューって知ってますか」

迷う私に、秋月さんが声をかけた。

「空自の？　海自はカレーが有名って聞いたことはありますけど」

空はなんだっけ。そもそも名物なんてあったかな？

海自は船の中でカレーを作って食べていたから名物になったっていうのはわかるんだけど、空自は飛行機だし。飛行機の中は調理できないし。

「から揚げです。空に上げるって書いて空上げ。空自全体でもっと上を目指すって意味なんです」

「うーん、苦しいですね」

正直な感想を言ってしまった。しかし秋月さんは気を悪くしたふうでもなく、大きな口を開けて笑う。

「その通りだと思います。そうして無理やり作った名物ですが、わりと人気なんですよ。基地ごとに味付けが違うものが給食や航空祭で出ます」

そういえばこの前の航空祭でも、屋台が出ていたっけ。私と萌は軽くお昼を済ませてから行ったので、スルーしてしまった。

「ここのから揚げは、基地のから揚げのレシピで作っているものもありますよ」

秋月さんは「空自の空上げ定食」というメニューを指さした。

「じゃあ、私それにします」

「ちなみに、梅味のソースがかかっていますが、大丈夫ですか？」

「はい、梅大好きです」

やっとメニューが決まったので、秋月さんがおばさんを呼んで注文した。

「ロースと空自空上げ。あとゆうちゃんのうどんねー」

大きな声でおばさんが厨房に向かって言った。「あいよー」と元気のいいおじさんの声が返ってきた。

どんな見た目のから揚げが出てくるのかな。ワクワクしちゃう。

「訓練のあとで食事を作りたくないとき、よくここに来るんです」

「お仕事のあとじゃ大変ですよね。訓練って、どういうことをするんですか？」

話の途中で、おばさんが水を汲んで置いていった。

「戦闘機に乗って、空の上で戦闘訓練をしています」

「えっ！」

「ふたり一組で、二チーム作るんです。相手を早く攻撃できた方の勝ち。あ、実弾を打ち込むわけじゃないですよ。ロックオンするだけです」

空の上にいるとさっき聞いたけど、そんな危険な訓練をしているのか。相手やチームがいるってことは、誰かと衝突する可能性もある。

秋月さんは悠心君に運ばれてきた小さなうどんを、箸でつまんだ。

「空尉、悠ちゃんの前かけは」

「あっ、そうだ」

おばさんに言われ、秋月さんは悠心君のリュックからビニールでできたエプロンを取り出し、さっとつけた。

「それで、なんでしたっけ。そうそう。訓練と言っても実弾を出さないだけで本気なので、ブルーインパルス並みのアクロバットな飛行をするんです」

「ええっ。秋月さんもああいうの、できるんですか」

戦闘機って、機体をクルクル旋回したり、宙返りしたりはしないイメージだった。

　ブルー並みの飛行と聞いただけで気が遠くなりそう。

　上下左右に揺さぶられて、しかも一般人から見えないくらい上空でそれをやるってことは、ものすごい重力がかかるわけだよね？　ハードすぎる。

　毎日の料理を作るどころか、乗り物酔いしてなにも食べられなくなりそう。

「よければ、今度一緒に乗りますか。ふたり乗りの戦闘機があるんですよ」

「ええっ」

「たまに広報室の要請で、マスコミの方を乗せたりします」

　自衛隊がどんな活動をしているのか知ってもらう必要があるから、そういう仕事もあるわけか。

　どうしよう。せっかく誘ってくれたし、どんな景色が見えるのか興味はある。

　だけど、ジェットコースターでもキャーキャー叫んじゃう私に、耐えられるかな。

　秋月さんの前で、っていうか、戦闘機のコックピットで粗相するわけにはいかないし。

「冗談ですよ。そんな泣きそうな顔をしないでください」

　うんうん唸る私にからからと笑った秋月さんは、悠心君にうどんを食べさせていた。

　悠心君はおいしそうにちゅるちゅるすすっている。

冗談だったのか。やだ、真に受けちゃった。

「はいお待たせ。ロースと空上げね。ごゆっくり」

悠心君が食べ終わらないうちに、大人の分も運ばれてきた。

「わあ、おいしそう」

私は歓声をあげた。

揚げたてのから揚げに、この辺りの特産品の梅びしおを使ったソースがかかっている。梅の爽やかな香りに、食欲がそそられた。

「いただきま……あ、秋月さんどうぞ。私、悠心君を見てますから」

悠心君はまだひとりで食べられなさそうだ。

ずっと介助していたんじゃ秋月さんが大変だし、料理が冷めてしまう。

悠心君用の小さなうどんを受け取ろうと手を伸ばすけど、秋月さんは「いやいや」と手を振った。

「俺、食べるのすごく早いんで大丈夫です。いつもこいつの隙を見て食べてるんで、慣れていますから」

「でも……」

「本当です。どうぞ、食べてください」

彼がそう言っている間にも、悠心君が小さな手で彼の腕をとんとん叩いた。催促だ。

秋月さんは上手に悠心君の口にうどんを持っていき、彼が麺をすすって咀嚼している間に、自分のとんかつにソースをかけて豪快に食べ始めた。

「じゃあ、お言葉に甘えて……」

定食にはサラダ、お味噌汁、大盛ご飯がついていた。

サラダから食べようとすると、悠心君がうどんを飲み込んで言った。

「こーん、ちょうらい」

彼は私のサラダのお皿をじっと見ている。

どうやらサラダの上に何粒か乗っている、缶詰のコーンが欲しいらしい。

「コーン好きなの？　いいよ」

「こら悠心。お姉さんのとっちゃだめだろ。パパの食べな」

秋月さんは悠心君用の小さな器に、自分のサラダを雑に入れた。

「ちやうのっ。こーんらけちょうらいっ」

指で千切りキャベツをつまみ、コーンだけ選別しようとするから、秋月さんがため息をついた。

「君ねえ、またか。好き嫌いせずなんでも食べろって。コーン入ってるから」

「ちゃうっ。こえいらないっ」

ついに器を持って振り始めた。千切りキャベツが宙に舞う。

「こらっ。作ってくれた人に失礼だろ」

秋月さんは悠心君の手を持ち、キャベツの舞を封じ込めた。

「あーん！」

大声をあげた悠心君に対して秋月さんは、怒っていると言うより、困っているみたい。直線眉がハの字に下がりそう。

「悠心君、大丈夫。まだコーンあるからね」

私はテーブルに転がった器に、コーンだけを集め、彼の前に出した。

秋月さんの手が緩んだ瞬間、悠心君は私の方に駆け寄ってくる。

「悠心」

「いいんです。小さい子は生野菜の食感が苦手な子が多いんです。それに、ちょっと眠そう」

逃げるように私の右膝に座った悠心君に、スプーンでコーンをあげた。

悠心君はぱくりとそれを口に入れ、うれしそうにもぐもぐする。

「今日はお姉ちゃんと食べようね。パパもたまにはゆっくり食べないと」

この感じじゃ、秋月さんは本当に、毎回悠心君が食べている隙を狙って、早食いしているのだろう。

「あい」

おとなしく返事をした悠心君にたまにご飯やお味噌汁の具をあげながら、私もから揚げを口に入れる。

カリっとした衣に、しょうゆベースの味がついたお肉、そして梅肉ソースの酸味。

「おいしい！ これ、おいしいです。給食で出るなんて、いいなあ」

「いやあの、すみません。悠心、お姉さんの膝から降りなさい。お姉さん、食べられないだろ」

「全然食べてますよ。さあ、秋月さんも食べて食べて」

揚げ物は温かいうちに食べないとね。

こども園の給食も、みんなの様子を見ながら食べているので、悠心君ひとりくらいへっちゃらだ。

悠心君はおとなしい方だし、こだわりがめちゃくちゃ強いわけでもなさそう。ただ眠さもあって、ぐずってしまっただけだろう。

私がぱくぱく食事を平らげていると、秋月さんは「すみません」と謝り、ゆっくりとんかつを食べ始めた。

二十分後、大人の食事がほぼ終わったときには、悠心君は私の横にころんと寝ていた。

「本当に眠かったんだな」

「かわいいですね」

寝ている悠心君は、まるで天使。ぷくっとしたほっぺたがたまらない。

「はい、サービス」

お店のおばさんが、二皿のあんみつを持って現れた。

定食の食器が下げられ、ミニサイズのあんみつが置かれる。

「わあ、ありがとうございます」

「いいよ。空尉の結婚祝いだからね」

「え？」

おばさんはなにか勘違いしているのか、ニコニコ笑いながら厨房に戻っていく。

結婚祝いって？　もしや、私を彼の婚約者かなにかだと思っている？

「もらっておきましょう。からかっているだけですよ」

「そうですか」

「悠心を見事にあやしたから、よっぽどなつかれていると思ったんでしょう」

それで彼の母親候補に勝手に認定されたわけか。照れくさいけど、必死になって否定することでもない。

「悠心君はおとなしいですよ」

「これで？　最近なんでもイヤイヤ言うし、俺がなにを言っても、とりあえず一回反抗するんですよ」

「ああ、イヤイヤ期ですね。ずっと一緒にいる親御さんは大変ですよね」

二歳といえば、イヤイヤ期。個人差はあるものの、お母さん方はみんな大変だと言う。

「そうなんですよ。そろそろ昼のおむつを外そうと思い、トイレのときに便座に座ろうって誘うんですけど、座っても全然出さなくて。諦めて便座から降ろした途端に、ジャーッと。ああすみません、食事中に」

「あはは、大丈夫です。付き合う方はつらいですよね。先が見えないって言うか」

「そうそう」

あんみつを食べながら、秋月さんは深くうなずいた。

「いつか外れるって言われても、気休めにしか聞こえないですよね」

「そうなんですよ。焦るなってアドバイスされても焦ってしまって」

「うーん、本当に個人差ありますからね。一概にこうすればよくなるってものでもないので、本人に任せて見守るしか……」

あんこをスプーンですくい、口に運ぼうとしたときにふと視線を感じた。

顔を上げると、秋月さんが黙って私を見つめていた。

目元は穏やかで、口元は淡く微笑んでいる。

「す、すみません。なんでも〝個人差〟で片付けちゃって」

育児に対する相談役として連絡先を聞かれたのに、私ときたら話を聞いてうなずくだけで、なんのアドバイスもできていない。

「いいえ、亜美さんがそう言うと、そういうものなんだなって素直に思えます」

秋月さんはにこりと笑い、お茶を飲んだ。

「亜美さんと話していて、気づいたことがあって」

「気づいたこと？」

「俺はただ、話を聞いてほしかったのかもしれません」

彼は彼なりに、本やネットで勉強して、育児と向き合おうとしていた。

しかし、保育園で同じ年頃の子を見ると、どうしても悠心君より発達の早い子に目が行ってしまう。

ママ友もパパ友もおらず、職場の同僚に相談しても「よくわからん」という答えしか返ってこなかった。

ぽつぽつと静かな声で、秋月さんは今までのことを話した。

「よく考えたら、アドバイスをもらうより、話を聞いてほしかっただけだった。今やっと、自分の気持ちがわかりました」

彼はなんとなく、安堵したような表情をしていた。

職場でも命がけの訓練をしている彼は、なんとなく同僚に育児の愚痴を聞かせるのをためらうのだろう。優しい人だ。

休憩中くらい、お互いに穏やかな気持ちになりたいよね。

「それ、お母さんたちもよく言われます」

お母さんたちもそれなりに勉強していて、誰より子供を近くで見ていても、うまくいかないことがある。

そういうときは「うちはこうだけどな~」「それって大丈夫?」などという声かけではなく、ただ話を聞いてうなずいてもらえればいいと、彼女たちは言う。

そして、たまに出てきた旦那さんや義両親が偉そうに「こういうふうにしたら?」

などと上から目線のアドバイスをしてくるのが一番腹が立つらしい。

「さっきはすみませんでした。生野菜の件」

生野菜の食感が苦手な子が多い。そんな一般論で、秋月さんの意見を封じてしまった。

頭を下げると、秋月さんは慌てたように手を振る。

「いやいや！　あれは助かりました。すごく納得しました。どうも俺は悠心に甘いようで、そのせいで好き嫌いがあるのかって思ってたので」

「甘い？」

「悠心は親友の忘れ形見なんで、どうしても甘くしてしまうんです」

私はあんみつを食べていた手をとめた。いや、とまってしまったのだ。

ぽかんとした私に寂しそうな微笑を浮かべ、彼は言った。

「悠心は一年前に亡くなった俺の親友の子なんです」

秋月さんはスプーンを置いた。

そういえば、一年前、空自の飛行機が墜落し、パイロットが殉職したって、地元の新聞に載っていたっけ。

山の中に落ちたので、一般人に被害はなかった。

「そいつは防衛大からの同期で、同じ戦闘機乗りでした。子供に俺の名前から一文字取って名付けるくらい気心知れた仲でした。しかし訓練中にあいつの機体のエンジンが故障して墜落し……亡くなりました」

「そんな……」

秋月さんは、親友さんと防衛大で知り合い、別々の基地に配属され、二年前に彼がこの地に異動してきて、やっと再会したのだという。それまでもちょくちょく連絡を取り合っていたそうだ。

悠心君の「心」は秋月健心の「心」だったのだ。

相当親しくないと、友達から子供の名前の文字をもらおうとはしないはず。

そんな人を亡くしたなんて。

「奥さんはもともと病弱で、事故のあと心労で体を壊し、親友のあとを追うように亡くなってしまいました。そのご両親もショックで体調を崩されて療養しています。奥さんのお姉さんが面倒を見てくれているようです」

淡々と話す彼の目が、切なげに揺らぐ。

「親友は施設育ちでした。親がいなくて」

「それでもパイロットに？」

「相当な努力をしたと思います」

秋月さんは短く返事をしてうなずいた。

たしか萌が言っていたような。

防衛大に入ると、学生ではなく公務員の扱いになるので、学費は無料で月に十万円ほどのお給料が出る。

しかも宿舎生活になるので、高校卒業と同時に施設から出なければならない学生にとっては、とてもいい進学先だ。ただ、その倍率は驚くほど高い。

「親友は悠心だけは施設に入れたくないと言っていました。だから俺が引き取ったんです」

なるほど、そういうことか。

悠心君の寝顔を見ると、キュッと心臓が締めつけられるような気がした。

この子は実のお母さんの顔も、お父さんの顔も、そのうち忘れてしまうだろう。

お母さんのご両親も、かわいい孫を手放したくはなかったはずだ。

しかし、体調を崩してしまい、面倒が見られなくなった。

お母さんのお姉さんも悠心君を気にかけてくれているようだけど、ご両親の世話もして悠心君のことまで、とてもできないという。

お姉さんは結婚していて、自分の子供もいるというのだから、当然だろう。

「たまに悠心のお母さんの実家を訪ね、ご両親に悠心を会わせてたんですけど……娘のことを思い出してつらいから、あまり来ないでくれと言われてしまって」

「かわいすぎるんですね」

悠心君のお母さんを愛していたからこそ、彼に会うのがつらいのだろう。

「すみません。重いですよね」

「いいえ。お友達を亡くしてつらいのに、育児まで大変でしたね。それでも一年でパパと呼ばれるようになったのだから、すごいと思います」

いくら乳児でも、いきなり親がいなくなったら戸惑うだろう。

最初は馴染めず、お互いにつらかったはずだ。

「亜美さんにそう言ってもらえると、心が救われる気がします」

秋月さんは端正な顔立ちを崩して、ふにゃりと笑った。

私たちは時期は違うけれど、お互いに大事な人を亡くした者同士なんだ。

私は父を、秋月さんは親友を亡くした。

おばさんや従妹のことを思い出す。

短期間といえども、私を同じ家に住まわせて本当の家族のように接してくれた彼らの厚意は、決して当然のことではなかった。

家族間でいろんな葛藤や摩擦が生まれていたはずだ。だけど私にはそれを感じさせずにいてくれた。今でも感謝の気持ちは絶えない。

もし私が秋月さんと同じ立場だったら、未婚でひとり親になる覚悟などできなかったと思う。

子供を育てるというのは、それなりの覚悟がいるのだ。

親友の生い立ちを知っている彼は、きっと軽い気持ちで悠心君を引き取ったのではないだろう。

「私、秋月さんを尊敬します」

私は助けてもらってばかり。

自分のことで精いっぱいで、いまだにおばさんたちに恩を返せていない。

「俺は亜美さんを尊敬しています」

「えっ？」

背筋を伸ばして私を見つめる秋月さんの瞳に、嘘はないように思えた。

「あんなにつらいことがあったのに、悠心に笑顔で接してくれている姿に、俺は勇気をもらいました。自衛官として関わった人が笑顔でいてくれることほど、うれしいことはありません」

彼が本当にうれしそうに微笑むから、胸に熱いものがこみ上げた。

「それは、周りの人に助けられたから。私は運がよかっただけなんです」

おばさんがいたから、災害後も何不自由のない生活ができた。だから、他の被災者より余裕があった。それだけだ。

「いいんです。ひとりでも多く笑顔でいてくれたら、それで」

じんわりと目頭まで熱くなる。

秋月さんはあの災害で、行方不明者の捜索もしてくれたのだろう。

土砂に呑み込まれた父を探し出してくれたのも、自衛官たちだった。

この人は、今までどれだけの傷ついた人々を見てきたのだろう。どれだけの悲鳴や泣き声を聞いてきたのだろう。

「亜美さん、もしよかったら、また悠心と会ってやってくれませんか」

泣くのをこらえ、秋月さんを見返した。

彼は毎日つらい訓練をしているとは思えないほど、穏やかな顔で微笑んでいた。

「いや違う。悠心を口実にしちゃいけないな。亜美さん、また俺の話を聞いてくれませんか」

照れくさそうに、秋月さんは言う。

「ええ、いつでも。私でよかったら」

今度は私が、彼を助ける番だ。

ただ話を聞くしかできないけれど、それで彼の心が楽になるなら。

「ありがとう」

お礼を言った彼は、しばらく黙って、やがて決心したように再び口を開いた。

「もうひとつ、頼みたいことが」

「はい、なんでしょう」

秋月さんは微笑むのをやめ、急に真面目な顔つきで私を見つめる。

「俺はあなたのことを、女性として意識しています。許してください」

「えっ」

「迷惑だったら、今言ってください。これ以上好きになる前に」

突然の爆弾発言に、声を失う。

秋月さんが、私のことを女性として意識している？

最後の言葉の「これ以上」って、ええと、つまり……秋月さんは、私のことをほんの少しでも、好きってこと？

自分が言った言葉がどれだけ私を惑わせているか、彼はわかっているのだろうか。
急に顔が燃えるように熱くなった。
体の内側から響く鼓動が、外にまで聞こえないか心配になるくらい高鳴っている。
「だ、大丈夫……です」
答えてしまってから、ハッとした。
反射的に答えてしまったけど、もっとよく考えた方がよかったんじゃ。
だって彼はいつ事故に遭うかわからない戦闘機パイロット。しかも、子供がいる。
友達として話を聞くのと、お付き合いするのとでは、まったく違う。
「よかった。よろしくお願いします」
曇り空が晴れたように明るく笑う秋月さんの笑顔が眩しすぎて、直視をためらった。
「やっぱり嫌だ」とは言いにくい雰囲気。
私は曖昧な笑顔で返した。

支え合おう

いったいどうしてあのとき、「大丈夫」なんて言ってしまったのか。

全然大丈夫じゃない私は、ベッドの上で悶えていた。

三日経った今でも、あのときのことを思い出すと、顔が熱くなる。

【反射的にいいよって答えたってことは、本能がいいよって思っているのよ。亜美はすでに、秋月さんに惹かれているの】

よく考えずに返事をしてしまったことを悩み、萌に相談すると、そう返ってきた。

「いいよ」なんて言ってない。「大丈夫」って言ったんだもん。

しかし、萌が言っていることはあながち間違っていないのかも。

秋月さんは容姿だけじゃなく、人柄も素敵。

国を守り、女子を救い、子供を育てる。まるで正義のヒーローだ。

それなのに偉ぶることはなく、謙虚で優しいところも好感度が高い。

秋月さんの笑顔を思い出すと、余計に胸が高鳴ってしまった。

仕事で疲れているのに、眠れない日々が続いている。

「いけないいけない。お遊戯会の演目を考えているんだった」

動画アプリで、年長向けのいい演目がないかと、他の幼稚園や保育園の動画を探っていたのだ。

園児向けのシナリオ集も園にあるにはあるのだけど、シナリオだけ見てもイメージが湧かない。

「そんごくう……西遊記ね。いいかも」

そういえば悠心君は、よく秋月さんの実家にお世話になっていると言っていた。

今は近所にいるからいいけど、自衛官は異動がある。日本全国、どこの基地に行くかわからない。

急に心配になってきた。

普段の訓練は何事もなければよっぽど残業なしで終わるみたいだけど、有事のときにはどうするのか。何日も家に帰れない日もありそう。

悠心君はまだ二歳。決して家にひとりで置いていける年齢ではない。

「いきなり異動しちゃったらどうしよう……」

口から出た自分の声にハッとした。

完全に思考が孫悟空から離れてしまっていた。

自衛官の異動はたしか、四月と八月。今の基地に来たのが二年前。幹部自衛官は一年から三年での異動が多いと萌が言っていたから……。

「いやだから！　演目考えないと！」

ちょっと油断すると、秋月親子のことばかり考えてしまっている。

年長だけまだお遊戯会の演目が決まらないって、ラーメン、もとい副園長にお小言を言われたばかりだ。他の職員とも知恵を出し合って、早く解決しなきゃ。

私は秋月親子を頭の中から無理やり追い出し、スマホの画面に集中した。


次の日、お昼寝時間に行われた会議で、年長の演目は無事に「そんごくう」に決まった。

年長は三クラスあるので、全員を劇に出そうとすると、孫悟空が三人、三蔵法師が五人、というふうになってしまうが、それは仕方ない。

次の日から脚本を作りましょうということで、会議は終わった。

もともとある幼児向けのシナリオを使えばいいのだけど、毎年その年に流行ったギャグや歌、ＣＭなどのパロディや小ネタを挟むので、そこが決まってから脚本を作ることになる。

そして配役は、まず子供たちの希望を聞かねばならない。職員が勝手に決めると、文句を言う保護者がいるからだ。

しかし本人の希望を聞いたところで、全員がその通りになるわけではない。他の役をやってもらうことになるのが切ない。

そして、最大の問題は衣装や小道具をすべて職員が手作りしなければならないことだ。

親御さんに作ってもらったことも過去にあったそうなのだが、個人の技量には差がある。

手芸や工作が得意な両親を持った子と、そうでない子の衣装や小道具に、ぱっと見てわかる差ができてしまうのだ。

それはやっぱりよくないので、職員がお揃いの衣装を作った方が、トラブルにならない。

厚紙や色付きビニール袋などを使い、人数分の衣装を作るのは骨が折れる。

仕事帰りに手芸店に寄り、イメージを膨らませようと、様々な柄の布を見る。

「うわ～、この柄はだめだわ。争奪戦になっちゃう」

今年大ヒットしたアニメの主人公やその妹キャラが着ていた服の柄の布地が、イチ押しとばかりに展示されて売られている。

これは盛り上がるだろうけど、着られない子が出るから、なし。

代わりに決めゼリフや必殺技の名前を使わせてもらうのはありかも。

「おさるの息吹・奥義！　如意棒！」とか。

あれこれ考えながら店内を歩き、だいたいの目星をつけて帰ろうとしたとき、かわいいタオルを発見した。

絵本の有名キャラクターの柄のタオルだ。

「こ、これは！　〝どらねこしゅうだん〟！」

黄色いネコの集団が、どんとプリントされている。

大好きな絵本のキャラなので、思わず手に取った。

いろんなパターンの柄があったけど、特にかわいい二枚を厳選して購入し、アパートに帰った。

いいことを思いついた私は、収納からミシンを引っ張り出し、秋月さんに自分からメッセージを送った。

【今度の土曜、会えませんか】と。

次の週の日曜、私はまた郵便局前で秋月さんを待っていた。

あのあと、秋月さんから【次の土日は当番と、用事があって会えません。次の週はいかがですか】と返事が来た。

基本土日休みだけど、上空でいつなにが起きても対応できるよう、当番で待機する日があるらしい。

というわけでまた二週間ぶりの日曜日に会うことになった。

会えない間は、秋月さんとアプリでメッセージを送り合った。

しかし、秋月さんは悠心君のお世話で忙しいらしく、いつも短いやりとりで終わっていた。

少し待っていると、見覚えのある車が目の前に停まる。

「お久しぶりです」

助手席のドアを開けてくれた彼に挨拶し、車に乗り込んだ。

三十分後に着いたのは、五階建ての小さなマンションだった。秋月さんの住まいだ。

最初、【うちに来ませんか】というお誘いメッセージを見たときは、正直戸惑った。

二回目のデートでそれは早すぎやしないかと思ったのだ。

数十分返事をせずに悩んでいると、【悠心がいると自宅の方が都合がいいので】と追加のメッセージが来た。

たしかに、悠心君のトイレ、食事、突然眠くなってしまったときなど、自宅の方がなにかと楽だろう。

よくよく思い返すと、たしかに秋月さんはその体軀に不似合いなかわいいトートバッグを持ち歩いていた。

航空祭のときも、食堂のときも、隅っこに置いてあったそのバッグには、おむつその他の育児グッズが詰め込まれていたのだ。

幼児が外出するには、たくさんの荷物が必要。家にいれば、なにも持たなくて済む。

納得した私は、【わかりました】と返事をした。

「なんと言っても航空自衛隊の基地が近くにありますから。騒音問題もありますし、住む人も少ないので五階建てでも贅沢なくらいですね」

自衛隊には社宅のような官舎と呼ばれる集合住宅がある。

家賃が安く、基地から近いので、官舎に住む自衛官も多いと聞くけど、秋月さんはどうしてこちらを選んだのか。

聞いてみると、秋月さんはエントランスの扉を開けつつ、答えた。

「扶養親族がいれば、官舎以外に住むことが可能なんですよ。許可が通ればですけど」

つまり、悠心君を引き取ったから官舎を出たということか。

「どこでもいいわけじゃないんですよね？」

「ええ。なにかあったとき、いつでも呼集に応じられる距離じゃないといけません」

ということは、当番ではない完全な休日でも、深夜でも早朝でも関係なく、緊急事態が起これば招集されるってことだ。

そういえば、お父さんもそうだったな。あの豪雨のときも、急に招集されて行ってしまったんだった。

秋月さんも、二十四時間三百六十五日、完全に心が休まることはないんだ。

私の父は普段はお気楽で、休みの日はソファでぐでんとしていることが多かった。つまらないギャグも言うどこにでもいるおじさんだったけど、実は大変だったんだなあ。

しんみりしそうになったけど、気を取り直す。

「基地の近くだと、飛行機の音がしません？」

「しますします。だから周辺の住宅は自治体から防音工事の補助金が出るんですよ」

「へえ」

それは知らなかった。そりゃあ、いくら昼間でもあれだけ大きな音が毎日聞こえていたら、ちょっとつらいもんね。

私は航空祭のときの爆音を思い出した。

「なにより、ここなら車で十五分くらいで実家に着きますから」

「それは助かりますね」

すごく納得いった。

官舎は基地の西側、森の中にある。周辺にはこれといった建物もなく、便がいいとは言えない。

対して秋月さんのマンションは基地の東側、官舎と反対の位置にある。

官舎より基地からは少し遠くなるけど、ちょっとした街なので、車さえあれば困らないくらいの施設が揃っている。

スーパー、衣料品店、薬局、保育園、などなど。

しかも子供の面倒を見てくれる実家が近いとなれば、無敵だ。

「官舎には同僚自衛官もたくさん住んでいます。俺が当番や残業になったとき、出張に行くときなどは、官舎に住んでいる彼らの奥さんたちが交代で悠心を預かってくれると言ってくれたんですけど」

「いい人たちですね」

「そうなんですよ。でも、いくらいい人でも、毎回頼まれたら嫌になってくるんじゃないかなと心配になってしまって。それなら実家の方が楽だから」

「ああ……」

ちょっとわかるかも。

同僚自衛官が「いいよ、うちの嫁が見てくれるよ」と言ってくれても、奥さんたちが本当にウェルカムかどうかは疑問だ。

手がかかる自分の子供がいる家庭はなおさらだし、何回も続くと、正直面倒くさく思う日もあるだろうしね。

「ねーちゃ」

悠心君がキュッと私の手を握ってくれた。私は彼に微笑みかけ、秋月さんのあとについてエレベーターに乗った。

「ねーちゃ、よる、おとまりする？」

悠心君がたくさん話しかけてくれる。

私の訪問を喜んでくれているなら、こちらもうれしい。

「お泊まりはしないよ」

「なんで？」

「なんでって……ねえ」

曇りなき眼で見つめてくる悠心君から目を逸らし、秋月さんに助けを求める。

しかし秋月さんは、悪ガキのような顔でニッと笑って返した。

「俺は構いませんよ。布団はありますから、三人で川の字になって寝ても」

「ええっ」

なにを言ってるの。まだ彼女でもないのに、男性の家にお泊まりできるわけないでしょう。

「ゆうくんといっしょに、おふろはいる？」

ほらあ。秋月さんが冗談を言うから、悠心君が完全に期待しちゃってるじゃん。

きらきらおめめで見上げてくる悠心君に、どう返していいか思案する。

そこでふと思った。

悠心君、無意識にお母さんの存在を求めているのかも。

いくら愛情を注いでくれる秋月さんのお母さんがいても、彼女は〝おばあちゃん〟であり、〝お母さん〟ではない。

保育園でお友達のお母さんをたくさん見たり、お母さんが出てくる絵本を読むたび、彼なりにそれは自分にはないものだという認識をしてきたのかも。

みんなが大好きな〝お母さん〟が、自分にも欲しいという気持ちがあるのか、私に亡き実の母のぼんやりした面影を重ねているのかはわからないけど、なんだか切ない。

でも、でもね、悠心君。

いきなりお泊まりは、やっぱり無理だわ。

「ごめんね、お姉ちゃん今日替えのパンツ忘れちゃったの。また今度持ってくるから」

「ぱんつ？」

悠心君はきゃっきゃと笑った。

子供はパンツ大好きだもんね。その響きだけで笑えるのよね。

よし、ぐずらせずに話題を逸らすことに成功した。

ふうと額の汗を拭うと、エレベーターが五階に着いた。

「さあ、悠心君。おうちどこか教えてくれる？」

「いいよー」

悠心君は私の手を引っ張って廊下を歩いていく。

すると、後ろから低い声が聞こえてきて、振り返った。

あとからついてきた秋月さんが、大きな体を小刻みに震わせて笑っている。いや、笑いを噛み殺しているという感じだ。

「なんですか？」

「いや、かわいい言い訳だったなと」

もしや、パンツで秋月さんも笑ってるの？

急に恥ずかしくなって、照れくささを隠すために頬を膨らませた。

「秋月さんが悠心君を煽るから」

「はい、すみません」

「パンツで笑うなんて、案外子供ですね」

するとまたパンツと聞いた悠心君が弾けるように笑う。

「そうなんです。男はいつまで経っても子供なんです。おい悠心、通り越すぞ」

「あー！　ここよ、ここ」

悠心君は振り返り、数歩戻った。

目の前のドアを秋月さんが開けている間にも、悠心君は楽しそうに笑っている。

「どうぞ。質素なところですが」

「お邪魔します……わあ」

案内されて廊下からリビングに入る。と、正面の大きな窓から、微かに水平線が見えた。

周りの住宅は少なく、ほぼ一戸建て。大きな商業施設も、工場もないからか、見晴らしはよかった。

都会みたいな派手な夜景は見えないだろうけど、青い海も悪くない。

「素敵ですね。ちょっとだけど、海が見える」

「ええ、特徴といえばそれくらいですが」

広いリビングの端には、カウンターキッチン。その前にダイニングテーブル。壁際にジョイントマットが敷かれており、絵本が置いてある本棚と、おもちゃ箱が置いてあった。

これなら、料理しながら悠心君の様子がよく見える。マットがあるから、ちょっと転んでも安心だし、おもちゃを落としても床が傷つかない。防音効果も期待できる。

ぱっと見た感じ清潔だし、すっきりと片付いている。

男の人ひとりなのに、すごいな。私なんて子供もいないのに、家の中が雑然としている。

「奥には寝室と、もう一間あるんですが……ちょっとそこまで掃除が行き届かなくて」

気まずそうな秋月さんの様子に、思わず笑ってしまった。

「二歳児がいる家が完璧に片付くわけないですよね」

とりあえず見えるところだけ体裁を整えたのかな。

官舎に住んでいる頃から、掃除洗濯などの家事は全部自分でやってきたのだろう。

だから今でもこれだけきれいにすることができるのだ。えらい。

悠心君がドタドタと走っていき、やがて戻ってきた。

「みて。これ。あんまんまんまん」

「あ、本当だ。あんまんマンだねえ」

頭が中華まんの正義のヒーロー、主役があんまんマン。他には肉まんマンとかピザまんマンがいる。

乳児期にみんなが必ず通るキャラクターだ。かわいらしく、何十年も前から人気である。

「こっち、ひこうき」

お気に入りのおもちゃを紹介してくれる悠心君。

あんまんマンのぬいぐるみと対照的に、硬そうでシャープな見た目の飛行機が握られている。

「これ、ブルーインパルス？」

「そーよー」

得意げに胸を反らす悠心君。

「すみません。すぐ昼食を用意しますんで、悠心とのんびりしていてもらえますか」

「えっ？」

たしかに今はちょうどランチタイムだけど、一休みしてからなにか食べに行くか買いに行くかするのだと思っていた。

まさか用意してくれるとは。午前中に買い物をしてくれたのかな。

「じゃあ悠心君、こっちで遊ぼうか」

私は悠心君をジョイントマットが敷いてあるスペースに誘った。

悠心君が電池で動く電車のレールを弄んでいる横で、ちらっとキッチンの方を見て言葉を失った。

なんと、秋月さんはたくましい体に似合わないかわいいエプロンをつけ、ボウルを持っていた。

　意外と似合う。じゃ、なくて。

「あ、秋月さん。まさか今から作るんですか？」

　話しかけると、カウンターキッチンの中にいた秋月さんがこっちににこりと笑いかける。

「はい。あ、最初から全部やるわけじゃないので、そんなに時間はかかりませんから安心してください」

　基地内に住んでいる人は、無料で朝昼晩食堂で給食を食べることができる。防衛大でも、学生食堂があったはず。

　ということは、彼は基地を出てから自炊を始めたということだろうか。

　育児未経験なのに、一歳だった悠心君を引き取って、官舎を出て自炊を始めて……すごい体力と精神力。ため息しか出ない。

　私なんて気楽な独り暮らしなのに、片付けも料理も適当。いや、逆にひとりだからそうなっちゃうのかな。

「あの、手伝います」

　座って待っているだけなのはさすがに気が引ける。

悠心君がレールを繋げるのに夢中になり、ひとりの世界に入った隙を見て、そっとキッチンに近づいた。

「いや、本当に大丈夫ですから」

秋月さんは手際よくボウルの中の卵を菜箸でかき混ぜ、温めてあったフライパンの中へ投入する。

ジュッといい音が響き、溶き卵の端の部分が固まった。

すぐに火をとめ、彼はお皿に炊飯器からオレンジ色のお米を盛った。しゃもじで器用に滑らかな山型にしていく。

「わあ、いいにおい」

フライパンからはバターの香り。炊飯器から出したのは、チキンライス。

どうやら献立はオムライスのようだ。

なるほど、炊飯器でチキンライスを先に作っておけば、フライパンを何回も洗わなくて済む。

私が作るひとり用オムライスは、チキンライスをフライパンで作り、卵をレンジで温めて固めたものをかける。

秋月さんは程よい半熟状態になった卵を、きれいにチキンライスの上にのせた。

「はい、できあがり」

一皿カウンターにのせると、すぐ次のお皿にとりかかる。

今度は卵をひとつしか割らなかったから、多分悠心君の分だ。

私は置かれていた小さなお皿にチキンライスをのせ、秋月さんに差し出す。

「ありがとう」

お皿を受け取る秋月さんの腕の筋に見惚れる。

つるーんとしたなんの面白みもない私の腕とは、太さからなにからすべてが違う。

「おーい悠心、ご飯。片付けなー」

秋月さんに声をかけられるも、悠心君はまったく無視。集中しすぎているようだ。

「まあいいか、静かなら」

秋月さんは、冷蔵庫から水切りしたあとだと思われるレタスと、トマトを取り出した。

「苦手な食べ物あります？」

「全然。なんでも食べます」

「えらいな」

ふふっと笑いを漏らした秋月さんは、サラダを盛り付けた。悠心君用には、茹でた野菜があった。上にコーンが乗っている。

生野菜のことを覚えていたのか。素直な人だなあ。

その隙に私は使った調理器具を洗おうと、スポンジに手を伸ばした。

使い込まれたスポンジだ。三角コーナーも、よく見るとすこーしだけ、黒い汚れが隅に付いている。シンクの水垢も取り切れてはいない。

わかる……私もなかなか水垢まで、毎日は掃除できない。

仕事をして、二歳の子供をひとりでお世話しているのなら、キッチンの掃除まで行き届かなくても当たり前だ。

逆に言えば、ちゃんと自炊をする日も結構あるということだ。

まったく料理をしない生活であれば、もっとシンクはきれいだし、卵を割る手つきもぎこちなくなることだろう。

器具を洗う間もなく、温まったスープが器に盛られ、秋月シェフのオムライスランチが完成した。

「うわあ、おいしそうですね」

「さあ、みんなで食べましょう」

秋月さんがダイニングテーブルの上を拭き始めたので、私は悠心君に声をかけ、幼児用の椅子に座らせた。

遊びを中断させられた悠心君は少し不満げだったけど、秋月さんがオムライスを持って現れると、途端に笑顔になった。

「ぱぱ、ねこかいて」

「ネコぉ？　ああ、そうか。ケチャップでネコを描けって言ってんだな」

秋月さんは冷蔵庫からケチャップを持ってきた。しかし、キャップを閉めたままうーんと唸って目を伏せてしまう。

「どうしました？」

「俺、絵心がないんです。しっかりイメージしてからじゃないと、ひどいことになって怒られるんです」

そうなのか。

目の前に並んだ料理を見る限り、繊細な作業は得意そうだけど、絵心とはまた別か。

「悠心君、私が描こうか？」

「うん！」

私の申し出に、悠心君は元気に即答した。

「じゃあ……」

秋月さんからケチャップを受け取り、キャップを開ける。

私はそっと容器に力を加え、まん丸い目と、もこっとした鼻と口元、最後にひげを慎重に左右三本ずつ描いた。

「おー！　しゅごーい！」

できあがったネコの顔に、悠心君は拍手をくれた。椅子から落ちそうなほど体を揺らしている。

「これが保育士の技か……！」

まるで漫画のキャラクターみたいなセリフを吐いた秋月さんは、私が描いたネコの顔を真剣なまなざしで凝視していた。

「はっ、すみません。あまりの妙技に、呆気にとられていました」

「妙技って。こんなの、練習すれば誰でもできますよ」

「そんなことない。俺が描くと、どうしても悪だくみしているサルになってしまうのに。すごいな」

子供が喜ぶような絵を描いたり、工作をするのは保育士の得意技だ。

私からすればこんなの全然大したことない。戦闘機を自在に操れる方が、よほどすごいと思う。

でも、親子揃ってこんなに喜んでくれたら、描いた甲斐があったというものだ。

「待て悠心。写真を撮ってから食べよう」

慌ててスマホと悠心君の食事用エプロンを持ってきた秋月さんは、しっかり悠心君とネコオムライスを一枚の写真に収めた。

写真を見て満足そうに息を吐き、彼は悠心君の隣に座った。私はその向かい側。

「いただきまーす」

三人で手を合わせて挨拶をし、昼食タイムが始まった。

秋月さんは悠心君を手助けしながら、自分の分を器用に食べる。前と同じだ。

「そういえば、秋月さんはどうして自衛官を目指したんですか？　やっぱり、実家が基地に近いから？」

育った環境って大きいものね。

基地が近いということは、この辺りに家を建てて暮らしている自衛官や、アパートに住んでいる自衛官も多いだろう。

迷彩服で通勤している自衛官を見ていて憧れたという感じかな？

しかし秋月さんが語った理由は、意外なものだった。

「実は叔父が自衛官でして」

「ええっ！」

驚いた私につられ、悠心君がビクッとしてスプーンをテーブルの上に落としてしまった。

「セーフだったな、悠心。ほら」

秋月さんに指さされたスプーンを自分で拾い、オムライスをぱくぱく食べ始める悠心君。

「今はデスクワークばっかりですけど、昔はブルーインパルスのパイロットだったんです」

「ブルーインパルスの……」

ってことは、パイロットの中でも最高クラスの飛行技術を持っていたってことだ。

「小学生のとき航空祭に行って、叔父の展示飛行を見てめちゃくちゃ感動しましてね。絶対ブルーのパイロットになるって、決めてたんです」

秋月さんは誇らしげに言った。

幼い頃からかっこいい叔父さんの姿を見ていたら、そりゃあ憧れるよね。

なんの関係もなく、しかも興味がなかった私まで一瞬で虜にしてしまうブルーインパルスだもの。

「親友も一緒でした。ブルーに憧れていたんです」

私は息を呑んだ。

親友とは、悠心君のお父さんのことだろうか。

目線で問うと、秋月さんはこくりとうなずいた。

「青木(あおき)っていうんですが、彼と俺とどっちが先にブルーに招集されるかなって競い合っていました。結局、まだそういう話はないんですけど」

ブルーインパルスのパイロットはなりたいからなれるものでもないらしい。

言わずもがな、彼らは航空自衛隊のパイロットの中でも、特別に飛行技術が優れている者の精鋭部隊。

そのパイロットの任期は三年。三年周期でパイロットが代わる。

部隊長の推薦があり、その上でブルーインパルスの飛行隊に認められなければならない。

「今もブルーインパルスを目指しているんですか?」

訪ねると、秋月さんは天井を仰いだ。

「いや……今はいいかな。戦闘機乗りも、やりがいはありますよ」

なんとなく寂しそうな笑顔に、胸が締めつけられる。

一緒にブルーインパルスを目指す仲間がいなくなってしまったから、モチベーションが落ちてしまったのかな。

勝手にそんなことを思った。

「ねーちゃ、まんまたべて」

「あ、そうだね。冷めちゃうもんね」

悠心君は私たちが話している間に、順調に食べ進んでいた。

私もスプーンを持ち、オムライスをすくって頬張る。

「ん〜おいしい！　パパ、料理上手だね！」

「しょうよー」

そうよ、と言っているのだろう。

秋月さんが照れくさそうに笑った。

「そんなにレパートリーはないんですよ。作れないことも結構ありますし」

「うんうん、それは誰でもそうですよね」

自衛官だろうが、会社員だろうが銀行員だろうが、仕事をしていれば誰だって疲れる。

子供のためにできるだけ手作りを！　って声をよく聞くけど、極端に栄養が偏ったりしていなければ、市販品でも外食でもまったく構わないと個人的には思う。

「そうなんですけど……。俺は協力し合えるパートナーが欲しいなと、前から思ってたんです」

ちらっとなにか他にも言いたげな顔で、秋月さんがオムライスをもぐもぐ食べている私を見る。

「ルームシェアとか、そういう感じですか?」

テレビで、シングルマザーと子供さん同士がシェアハウスで協力して生活している様子をみたことがある。

でもああいうのって、ルールを細かく明確に決めておかないと、あとあと揉めて泥沼になりそう。

「ちょっと違うな」

秋月さんは眉間に皺を寄せ、ふうと息を吐いた。

「こういうことを言うと嫌われるかもしれないけど、俺は俺を支えてくれる人が欲しくて」

「ああ、整備士みたいな感じですか?」

「整備士。うん、それに近いかもしれません」

航空自衛隊には、パイロットだけではなく、戦闘機などを整備する役割の人ももちろんいる。

パイロットの命が関わっているのだから、ミスや異常の見落としがあってはならない。大変な仕事だ。

整備士は精魂込めて機体の整備をし、パイロットは整備士を信頼して、訓練に出る。

「亜美さん、そろそろお互いに敬語をやめませんか」

「はい？」

どうしていきなり整備士の話から敬語の話になったのか。

キョトンと首を傾げる私に、秋月さんはかわいいエプロンをつけたまま、真剣な表情で言った。

「俺の整備士になってくれませんか。副操縦士でもいい。俺とバディを組んでほしい」

ん？　どういうこと？　私は今さら自衛官になれないよ？

瞬きを繰り返す私を見て、秋月さんは眉を下げ、ため息を零した。

「すみません。急ぎすぎました。今のは忘れてください」

「はあ」

なんだかよくわからなかったけど、がっかりしてるみたい。どうしよう。

「えっと……それにしてもこのオムライス、おいしいですね！　また他の料理も食べてみたいな」

とりあえずオムライスの味を褒めると、秋月さんの曇っていた顔が晴れた。

「いつでも食べに来てください」

「敬語、いらないですよ」

「ああ、ありがとう。本当にいつでもまた来てほしい。そして、もしよかったら、君の料理も食べさせてくれないか」

敬語がなくなっただけで、ぐんと距離が縮まったような気がした。

どきりとすると、急に先ほどの言葉の意味が気になってくる。

整備士とか副操縦士とか、まさか……私に、秋月さんを支えるような存在になってほしいっていうこと？

そう考えると、火がついたみたいに頬がポッと熱くなる。

「ええ……そんなに上手じゃないですけど」

それもいいかもしれない。

たまに来て、料理だけじゃなくて他の家事も手伝えば、秋月さんに恩を返すことができる。

「じゃあ、ちょくちょく来ますね。あ、そうだ」

私は席を立ち、自分のバッグの中から小さな袋を出した。

「これ、よかったら悠心君に」

名前を呼ばれ、悠心君が顔を上げた。

袋を渡すと、慌てたように中身を探った悠心君。小さな手に摑まれて出てきたのは、ネコ柄のタオルだった。

「ねこー！」

この前手芸店で見つけたタオルの隅に、紐をループ状にしてつけたものだ。

「私とお揃いだよ。ここ、引っかけられるから、保育園にも持っていけるよ」

「わー。あーとうー」

「あーとう」は「ありがとう」の意味だろう。ぺこりと頭を下げる悠心君がかわいすぎる。

「ちょっと待て悠心、それでケチャップがついた口を拭くな」

「いいですよ。どうせ保育園に持っていったら汚れるし」

「そうだとしても、せめて写真を撮ってから汚してくれ」

秋月さんは慌てて、悠心君とタオルの写真を撮った。

「裁縫も得意なんだな」

感心したように、紐を縫い付けたタオルの端をまじまじと見つめる秋月さん。

紐の端が見えないよう、別の布を角に縫い付けて隠している。よくあるタイプだ。

「得意って言うか、やり方を知っているだけです」

園児の持ち物には、家庭ごとに工夫が施されている。その中で簡単そうなものを覚えていただけだ。

「それでもありがとう」

うれしそうに目を細める秋月さんの笑い皺にキュンとした。

「それ、ゆうくんのー」

「そうだった。大事にするんだぞ」

悠心君にタオルを返し、がしがしと大きな手で頭を撫でる。

そんな秋月さんを見ていたら、不意に亡くなった父を思い出した。

最期はつらかったけど、家族三人で過ごせた日々は本当に幸せだったと、心から思う。

私は目を細め、はしゃぐ秋月親子の姿を見守った。

昼食後、三人で公園へ出かけた。

公園では、悠心君が元気いっぱいに走り回る。

そのあとを息切れもせずに追いかける秋月さんの姿は、さすが自衛官と言うべきか。

「つかまえたぞ!」

「きゃーっ」

秋月さんは悠心君を小脇に抱え、クルクルと回る。

「飛行機だー!」

「うきゃきゃきゃきゃー!」

悠心君は爆笑しながら両手を広げて喜んだ。

他の人がやったらハラハラしちゃうところだけど、さすが秋月さん。

揺るがない体幹に抜群の安定感を見て取れる。

しかも三半規管も鍛えられているのか、悠心君を降ろしてもフラフラすることはなかった。

夕方、そろそろ帰ろうと車に乗った途端、悠心君はチャイルドシートに座って一分も経たずに寝落ちしていた。

「悠心君、一日楽しそうでしたね」

「君のおかげだよ。悠心は普段実家と保育園ばかりだから、今日は亜美ちゃんが来てくれてテンションが上がったんじゃないかな」

敬語を捨てた途端、秋月さんは私を「亜美ちゃん」と呼ぶようになった。

自然と悠心君も私を「あみちゃん」と呼ぶのだけど、それは全然いい。

でも、秋月さんみたいな大きくてたくましい人にちゃん付けされるのって、なんだか微妙。くすぐったいような、変な気分だ。

「もっといろんなところに連れていってやりたいんだけど、なかなか」

「やっぱり、緊急招集があるから？」

「そう。盆と正月はまとまった休みが取れるから旅行も可能だけど、パイロットは基地に二時間以内に戻れる場所にいなくちゃいけないって決まりがあって」

「ひえぇ」

じゃあ、千葉の某有名遊園地とか、絶対に無理じゃない。県外に出られない。

動物園とか水族館とか、そんな感じのものならなんとかあるけど、なかなか落ち着いて出かけられなさそう。

「青木が奥さんとまだ結婚していなかった頃、街の博物館に行ったんだと。そしたら、入場後五分で招集かかっちゃって」

「どうしたんですか」

「戻るしかないよな。奥さんに泣かれたそうだ」

ハンドルを握って前を向く秋月さんは、苦笑していた。

それは奥さんも可哀想だけど、青木さんも気の毒。

「青木さんだって、もっと奥さんと一緒にいたかったでしょうに」

「うん。青木は奥さんが大好きだったから」

もともと病弱で、ご主人のあとを追うように亡くなったという青木さんの奥さん。

いったいどれほどの覚悟を持って、青木さんと一緒になったのかな。

ちょっと聞いただけでも、自衛官の奥さんは大変そうだということがわかる。

それでも青木さんを選んだということは、奥さんも青木さんが大好きだったということだろう。

全然知らない人たちの話でも、想像するだけで胸が痛くなる。

「俺たちはこんなガタイだから、強そうに見られるけど、実はそうでもない。中身は普通の人間だ」

「はい」

体を覆う筋肉がいくら厚かろうと、心は守れない。

「だから、支えてくれる人を必要としている。青木が奥さんに出会えたことは、幸運だったんだ」

秋月さんはそれきり、口を閉ざしてしまった。

亡くなった青木さんのことを思い出しているのかな。

「本当のことを話すと、あの日死ぬはずだったのは、俺なんだ。青木は俺の代わりに死んでしまった」

「えっ？」

いきなり突拍子もないことを言い出した秋月さん。

それって、どういう意味？

私が無言で続きを待っていると、秋月さんは重い口を開いた。

「故障した戦闘機、実は俺が乗るはずだったんだ。だけど俺はその前日に、県外の親戚の葬式に呼ばれて、外出していた。次の日の朝には帰れるはずだったけど、急な大雨で電車もバスも出なくなってしまって、帰れなくなった」

なるほど、そういう事情なら外泊もできるわけだ。もちろん、基地への連絡はマストだけど。

「で、その日俺が乗るはずの戦闘機に乗ったのが、青木だった」

そこまで聞いただけで、背筋が震えた。

その戦闘機はたしか、エンジンが故障して……。

「青木は『エンジンが故障した』と冷静に通信をしていたそうだ。気づいたタイミングも早く、そこですぐ落下傘で脱出していれば、死ななくて済んだ。でも彼は、そうしなかった」

「どうして？」

「ちょうど住宅地の上空を飛んでいたからだよ。墜落しても被害が少なそうな山の上に機体を移動させようと、操縦し続けて……」

秋月さんの顔がくしゃりと歪んだ。

私の胸までくしゃくしゃに握りつぶされたような痛みを感じる。

市民への被害を食いとめた結果、機体は墜落し、脱出が遅れた青木さんは亡くなったんだ……。

「俺が葬式に行かなければ、青木は死なずに済んだ」

絞り出すような声で言った秋月さん。

かける言葉は見つからない。私ごときがなにかを言えた立場じゃない。

親友を自分の身代わりにしてしまった秋月さんの痛みは、彼にしかわからないのだ。

無言のまま、車は私の自宅アパートの前に着いた。

「ごめん。重い話して。でも亜美ちゃんには、先に言っておきたかった」

周囲は薄暗くなっていた。

夕方と夜のちょうど中間地点で、私は助手席から動けなくなっていた。

「パイロットは、そういう職業なんだ」

「わかります。父もそうだったので」

自衛官も消防士も警察官も、みんな自分の体を盾にして誰かを守っている。

誰がいつ、どこで命を落とすかわからない。

「そうだったな。君のお父さんも……」

秋月さんはそこで言葉を切った。

そして、気を取り直したようにひとつ息を吐き、私の方を向く。

「どうしてそんな話をしたかと言うと、亜美ちゃんに俺のことを知っておいてほしかったから。そうじゃないと、フェアじゃないから」

「フェア?」

聞き返すと、秋月さんは真剣な顔をこちらに向けた。

いつも笑っている秋月さんの目がきりっと引き締まっている。

「亜美ちゃん、俺と付き合ってくれませんか」

驚き声を失った私は、彼の透き通った目を見返す。

「前も言ったと思うけど、つらいことを乗り越えて、子供に笑顔で接している亜美ちゃんが……好きだ」

唐突な告白。

まるでミサイルを撃たれたみたいに、胸が破裂しそうになった。

「好き……って」

「航空祭で悠心を抱き上げていた君の笑顔に、惚れた」

胸から熱が昇ってきて、頬まで熱くなる。

「きゅ、急すぎて」

どう反応していいのかわからない。

男性に告白されたのも、人生初なのだ。ちなみに、告白したこともない。

「そうだよな。俺、すごく軽いやつみたいだ」

そういう意味じゃない。一目惚れだって、アリだと思う。

ただ、私のようなごく普通の人間が、秋月さんのような人に告白されたことが信じられない。

「泣いていた君のことがずっと忘れられないで気になっていたから……別人みたいに笑っていて、一瞬わからなかった。でも君だと気づいたときから、もう好きになっていた」

そんなまさか。

前にも言ったような気がするけど、私のことを「困難を乗り越えた強い人」だと思ってもらっては困る。

私は両親のことを乗り越えてなんていない。

彼らのいない寂しさは、一生消えることはない。

ただ、その寂しさに慣れただけなのだ。

彼らがいない日常に慣れ、痛みを感じないふりをして生活しているだけ。

「私は弱い人間です」

蚊の鳴くような声しか出なかった。

私はもう、大切な人を亡くしたくない。

だから、命の危険がある職業の人とは付き合わないと、父を亡くしたときから決めていた。

「俺も同じだよ。だから、支え合わないか」

うつむいていた私は、ハッとして顔を上げた。

そうだ。大事な人を亡くしたのは、私だけじゃない。秋月さんも、そして悠心君もだ。

「支え合う……」

「そう。この前会ったとき、君は俺の話をただ聞いてうなずいてくれた。すごく自然に相手のことを思いやれる人なんだと思うと、もっと好きになった」

青木さんの話を聞いていて、自衛官と付き合うって大変そうだなと思ったっけ。

なんとなく、女性が自衛官を支えてあげなきゃいけないようなイメージだった。

でも秋月さんは、お互いに支え合おうと言っている。

「俺も、君を支えられる人間になりたい」

彼は、自分のせいで大事な人が亡くなったと思っている。

青木さんの死は、災害で父を亡くした私よりも、深い深い傷を彼の心の中に残していることだろう。

私たちは、まだ癒えない傷を抱えた者同士。

だけど傷を舐め合うのではなく、支え合って新しい人生を歩んでいけたなら。

「……わかりました。こちらこそ、よろしくお願いします」

私はゆっくり考えたあとで、そう返事をした。

硬い表情をしていた秋月さんは、その面持ちを崩して安堵の表情を見せた。

「ありがとう。よろしく、亜美」

呼び捨てになった彼の声が甘すぎて、頭が溶けそうになってしまった。

ちゃん付けより、呼び捨ての方がいいな。

私ははにかみ、差し出された大きな手を握った。

するとと、痛いほどの強い力で握り返された。


次の日。

【その後パイロットとはどうなったの？】

まるで告白現場を見ていたかのようなタイミングで、萌からメッセージが届いた。

しかし、職場での貴重な休憩時間だったので、確認だけしてそっとスマホをしまった。

園児のお昼寝中しか、職員が休む時間はない。

と言ってもなかなか寝ない子や、途中で起きてしまった子の対応もあるので、完全にみんなが休めるわけじゃないけれど。

「ほんと、ブラックだよね。どこもそうなのかな」

隣でコーヒーを飲んでいた美奈子先輩がぼそっと呟いた。

「お遊戯会の時期って忙しすぎて、彼氏と遊んでいる暇もなくなるんだよね。それで何度ふられたことか」

「ああ……」

園長やラーメン副園長もいるので、曖昧に返事した。

しかし美奈子先輩の愚痴は止まらない。

「亜美先生は彼氏いないの？　この前のデートはどうなったの？」

「えっ、あ、あの……ご想像にお任せします」

恥ずかしくなってうつむくと、美奈子先輩は「そっか、うまくいったか。赤くなって、かわいいのう」と微笑んだ。

コーヒーを飲み終わり次第、お遊戯会の打ち合わせをし、準備にとりかかる。休憩なんてしてないのと同じだ。

くたくたになって帰り、玄関でスマホを見ると、萌のメッセージが連続で入っていた。どれも、私の返事を催促する内容だ。

いやもう、今は萌のテンションについていけないよ。ちょっと休ませて。

部屋に上がって穿いていたスキニーパンツを脱ぎ捨てる。

ゆったりした部屋着に着替え、簡単な夕食を用意し、食べて気持ちが落ち着いてきた頃に、やっと萌に返事をした。

【付き合うことになった】

短く返し、夕食の続きを……と思って箸を取った瞬間、スマホが鳴り始めた。

萌からの電話だ。もう一瞬も待てないのだろう。

私は観念して箸を置き、電話を取った。

「はい」

『うおおおい！　どういうことか詳しく話して！』

やっぱり萌は超ハイテンションだった。大きな声に耳がキーンとなる。

「付き合ってって言われたから、承諾したんだけど」

言ってから、すぐにスマホを耳から離して音量を下げた。そのまま聞いてたら耳が壊れちゃう。

『どういう流れで告白されたの？』

「どういうって。お宅にうかがって、その帰りに車の中で」

『くわ～！　いいな～！　絶対運命じゃん！　航空祭のときにきれいになっていた要救助者と再会して、恋に落ちた自衛官！　たまらんね～』

萌の妄想の半分は秋月さんの証言と合っていたので、ドキッとした。

再会の日に一目惚れって言ってたけど、本当なのかな。

申し訳ないけど、私は見た目に関しては十人並みなので、にわかに信じがたい。

『で、オッケーしたってことは、亜美も相手のことが好きだってことよね？』

「ん？」

そっか、そういうことになるのか。

子供ではないので、付き合うということがどういうことなのかは、なんとなくわかっているつもりだ。

だけど、あのときはうなずくのが精いっぱいで、自分の気持ちまで考えている余裕がなかった。

「そうなのかなあ」

私は秋月さんが好きなのか？

『そうでしょ。亜美は好きでもない人と試しに付き合えるような性格じゃないもん』

「やっぱりそうかあ」

自覚があるが、私は器用な方ではない。
秋月さんは、素敵な人だ。
見た目やスペックだけではない。親友の遺した子をひとりで養育する男気を持って
いるし、なにより優しい。
まだ少ししか関わっていないけど、彼が素敵な人だってことは、とてもよくわかっ
たつもりだ。
ただ私は、それを認めるのが怖いのだろう。
彼のことを好きになったと自覚したら、途端に失うことばかり考えてしまう。
父を亡くしたトラウマが、深く心に巣くっていた。
『いろいろ戸惑うこともあると思うけど、心配ばかりしてても前に進めないよ。パイ
ロットは危険もあるけど、殉職する自衛官ばかりじゃないから』
一生懸命、私を盛り上げてくれようとする萌の気持ちがうれしかった。
私もそれはわかっている。
「うん。そうだよね」
『そうそう。心配ばかりして、今を楽しめないのは損だからね』
「わかるよ」

そう、大事なのは過去ではない。今だ。
今私はどうしたいか。誰が好きで、誰といたいのか。正直にならないとね。
『ところで、もうエッチはしたの？』
不躾な質問に、スマホを落としそうになってしまった。
「萌！」
エッチどころか、キスもしてないわ。手を握られたくらい。
『いいなあ～。私もたくましい自衛官に抱かれたいっ』
欲求不満なのか、萌が聞いたこともないような声を出す。ちょっと気色悪い。
私はそういう話題が苦手なので、スルーすることにした。
「萌は好きな人、いないの？」
『いたら亜美に電話してる暇なんてないよ』
暗い声が返ってきた。
『そうそう、自衛官合コン開いてよ。約束でしょ』
そんな約束をした覚えはない。萌が勝手に期待していただけだ。
「彼は子供がいるから、夜は出られないよ」
『あんたたちは来なくていい。セッティングさえしてくれれば、あとは勝手にやるから』

「はあ……じゃあ一応、話はしておくよ」

仕方ない、他ならぬ萌の頼みだ。

萌の彼氏が自衛官だったら、お互いに悩みの共有とかできるかもしれないし、話題も合うし、なかなかいいかも。

『絶対ね』

「うん」

『亜美、素直にね。いろいろ考えすぎちゃだめだよ』

「わかったよ。ありがとう」

最後にいいことを言い、萌は『じゃあまたね』と電話を切った。


それから私は、休みのたびに秋月家を訪ねることとなった。

ちなみに秋月さんが当番や夜勤の日は、悠心君は実家に預けられるので、私もアパートでのんびりしている。

秋月家はきれいな日もあれば、雑然としていることもあった。

「すみません、今週はちょっと余裕がなく」

少し疲れた様子の秋月さんを見ると、なんとかしてあげたくなる。

私は秋月家の掃除や片付けを手伝い、ときには手料理も振舞うようになった。

まるで通い妻だ。

ちなみに今日の夕食はカレー。悠心君の分だけ鍋を分け、甘口にした。

「おいちーのー」

悠心君が笑顔で言ってくれると、疲れも吹っ飛んでいくような気がする。

たまに会うからかわいいのであって、四六時中一緒にいたら大変なのかもしれないけど。

「なんでだろう。俺が作るのと違ってうまいな。なにを入れたらこの味になる？」

「隠し味は、ケチャップとソース、あと少しのお味噌とコーヒーの粉です」

「ははあ。それが深みを生んでいるのか」

秋月親子はカレーが大好きらしく、それはそれはうれしそうに食べた。

彼も料理上手だから、カレーくらいお手のものだろうけど、褒めてくれれば素直にうれしい。

たくさん用意したご飯もルーも、思ったより残らなくてびっくりした。

「きょうはぱんつもってきた？」

食事のあと、悠心君はニコニコして聞いてきた。

今まで秋月さんと私は清いお付き合いを続けており、いまだ進展はない。

しかし今日は、ついに秋月家に泊まっていくことになったのだ。

「うん。一緒にねんねしようね」

「わーい!」

……と喜んだ悠心君と一緒にお風呂に入り、おもちゃで遊んだ。

たっぷり遊んで満足したのか、悠心君は寝かしつけるまでもなく、自ら布団に入り、ぽてんと寝てしまった。

「いいなあ、悠心。俺も亜美と一緒に風呂に入りたかったな」

「ま、またまたあ」

秋月家のお風呂は私と悠心君が入るには問題ない広さだけど、秋月さんと入るには狭い……って、違う。それ以前の問題だ。

私はすっぴんを見られるのが恥ずかしくて、顔を逸らした。

「そうだ、仕事しよーっと」

ふたりきりになると、途端に緊張してしまう。

変な空気にならないよう、私はバッグの中からがさごそとビニール袋を取り出した。

「なにそれ」

「お遊戯会の準備です。早めに進めないと」

ビニール袋の底辺の部分を丸く切り取ると、首を通す部分になる。

そう、この色付きビニール袋は、お遊戯会の衣装になるのだ。

「うまいもんだなあ」

ささっと人数分のビニールをチョキチョキ切り取り、テープで模様を貼っていく私の横に、秋月さんがどかっと座った。

体が大きいので、いるだけで存在感がある。

「俺も手伝うよ。毎週ここに来ているから、大変だろ?」

「いえ、そんなことないですよ」

本当は、喉から手が出るほど人手が欲しい。

けど、保育士でもない人に仕事をさせるわけにはいかない。

しかも、絵心がないって以前自分で言っていたものね。工作は得意じゃないかも。

「信用しろって。な、ひとつだけ」

「じゃ、じゃあ」

私はあらかじめ下絵を描いてきた色画用紙を渡した。

「これ、三蔵法師の冠です」

「ふむ」

「この線に沿って金色のテープを貼ってください」

「了解」

材料を渡すと、秋月さんは私の横で背を丸めて、黙々と作業を始めた。

心配だったのでちらちら見ると、意外や意外、秋月さんは大きな手で細かい作業を丁寧に、そして早く仕上げていく。

すごい。パイロットってやっぱり地頭がいいのかな。

詳しく説明もしていないのに、彼は自分で最適なやり方を考え、失敗なく任務を遂行していく。

六人分のテープを貼り終えた秋月さんに裁断をお願いすると、これもガタガタにすることなく、きれいに仕上げた。

「よし。他は？」

「終わっちゃいました」

今日持ってきた材料の分の作業は終わってしまった。

無論、秋月さんのおかげだ。

冠の組み立ては園でやることにして、私はできたものを封筒に入れてバッグにしまった。

「ありがとうございました。疲れさせちゃいましたね」

パイロットは視力が命。だから秋月さんは、スマホゲームなんて絶対にしないし、夜中にテレビを見ることもあまりない。

そんな彼に、じっと近くを見る作業を手伝わせて悪かったな。

「気にするな。これくらいじゃびくともしないよ」

秋月さんが優しく笑ってくれるから、私もホッとする。

「そうだ、動画を見ないか」

時計を見ると、時間はまだ九時。大人なら余裕で起きていられる時間だ。

秋月さんはノートパソコンを指さしている。

「夜にパソコンを見ていいんですか？」

「少しならね」

秋月さんは私をソファに誘う。

寄り添って座ると、一緒に工作していたときよりも距離が近いことに気づいた。

ドキドキしているのを悟られないように澄ましていると、秋月さんが膝の上でパソコンを操作した。

「この動画、俺が出ているんだ」

「えっ」

現れた動画投稿サイトを見る。

再生された動画の下に、投稿者の名前が。そこには「航空自衛隊広報課」と表示されていた。

「航空自衛隊の仕事」

そんな題名を付けられた動画は、さすが自衛隊、至極真面目なナレーションで、緊張感のある仕上がりだ。

「どんな仕事をしているか、少しでもイメージしてもらえたらなと思って」

画面には、領空侵犯の際のスクランブル発進訓練の様子が映っていた。

管制室の様子が映ったあと、耐Gスーツを身につけたパイロットが、戦闘機の元へとダッシュしていく。

「あ！　秋月さん！」

間違いない。今秋月さんがいた。

秋月さんはあっという間に戦闘機に乗り込み、ヘルメットを装着。それで顔は見えなくなった。

戦闘機はすぐに上空へ舞い上がる。画面が切り替わり、雲の上を自由自在に飛ぶ戦闘機の姿が映し出された。

「すごい……」

いつでもスクランブルに対応できるよう、普段も同じような状況を想定した訓練をしているのだろう。

なんという緊張感が漲る現場だ。こども園が楽園に見えてきた。

「あ、もう俺は出てこないな」

まだ機体整備や、領空とは～なんていう説明が続いていたけど、秋月さんはあっさり画面を閉じてしまった。

「どう？　かっこよかった？」

おどけた調子で聞く秋月さんが乗り出し、私の眉を指でなぞった。

そうされて初めて、私は自分がグッと眉間に力を入れて動画を見ていたことに気づいた。

「はい……とっても」

空から戻ってきたとき、コックピットの中からカメラに向かって親指を立てる彼は、本当にかっこよかった。
彼はにこりと笑い、眉を撫でた指で頬に触れる。
のぞきこまれた私は、彼から目を逸らせなくなっていた。
ゆっくりと肩を抱かれ、引き寄せられる。
秋月さんの高い鼻が近づいてきて、思わず瞼を閉じた。
彼の体温が私を包む。
心地いい温かさに身を任せていると、唇になにかが触れた。
鳥の羽のように軽く、メレンゲのように柔らかい。
「……亜美」
顔を離した秋月さんの息が、唇にかかる。
ちゃんと目を開けてやっと、私は彼にキスされたのだということを理解した。
「怖がらないで。大丈夫。俺が守るから」
うっすらと微笑む彼の低い声に魂が揺さぶられる。
なぜか私は泣きそうになっていた。
戦闘機の映像を見て、正直怖いと思ったことを、彼に気づかれてしまった。
それでも嫌な顔をせず、彼は私を受けとめようとしてくれる。不安から守ると言ってくれる。

「はい」

こくりとうなずくと、彼は私の額にも軽くキスをした。

私、やっぱり彼のことを好きになっている。

だってこんなにも、失うのが怖い。

ぎゅっとしがみつき、厚い胸板に頬を寄せると、秋月さんは黙って抱きしめ返してくれた。

翌朝の日曜、私は誰かにトントンと肩を叩かれて目を開けた。

「あみちゃん、あそぼー」

視界が真っ暗なのでなにかと驚いたが、悠心君が間近にいただけだった。

「おはよう……」

私たちは和室に布団を三枚敷き、悠心君を挟んで寝ていた。

悠心君を抱き寄せ、秋月さんの方を見ると、まだ眠っているようだった。

寝顔もイケメンなんだ……。

昨夜キスしたことを思い出し、顔が熱くなってしまう。

「あみちゃん？」

「あ、ごめん。行こうか」

もう少しゆっくり寝かせてあげよう。

私は悠心君を連れて寝室の外に出ようとした。そのとき、秋月さんの枕元にあったスマホがけたたましい音を立てた。

「わあ！」

悠心君がビクッとして私にしがみつく。

と同時、今まで安らかな顔をして寝ていた秋月さんが、カッと目を見開いた。

素早く起き上がると、スマホを持って立ち上がる。

「あの」

なにか通常ではないことが起きたのだ。

それだけはわかった。

秋月さんは私と悠心君を無視して部屋を出て、スウェットのまま車のカギが入っているバッグを摑んだ。

「行ってくる」

「緊急招集ですか」

「うん」

寝ぐせもそのまま、短くうなずいた秋月さんは嵐のように出かけていった。

「なにかあったのかな？」

緊急招集がかかったということは、領空侵犯？　別の事態が起きた？

呆然と秋月さんを見送った私たちは、しばらくして顔を見合わせた。

「パパ、いつもスマホが鳴るとひとりで行っちゃうの？」

「ん……」

「そういうときは、誰か来てくれるの？」

「ばあば」

悠心君はこくりとうなずいた。

なんてことだ。秋月さんが緊急で呼び出されたときは、彼のお母さんが来るまで、一瞬でも二歳児がひとりで家に置き去りになるなんて。

「そっか。心細かったね」

私は悠心君をぎゅっと抱きしめた。

秋月さんは夕方に帰ってきた。

玄関が開く音で気づいた悠心君が駆け出す。

「パパあ」

「ごめんな悠心！　ただいま」

軽々と悠心君を抱き上げた秋月さんは、はたとあとから来た私に気づいた。

「亜美、ごめん。こんな時間になってしまって」

「いえ……」

きっと、なにがあって、どんな仕事をしてきたのかは、聞いても詳しくは教えてもらえないだろう。

演習に行くにも、任務で数日家を空けるときも、どこでなにをするのか、詳しくは家族にも話してはいけないことになっているはずだ。

「基地に向かう途中で母に連絡したんだけど、来てないか？」

「えっ。いえ、お会いしてません」

「おかしいな。亜美が帰れなくなるといけないと思って、メールしたんだが」

秋月さんは出ていったときと同じ格好だった。

昨夜見た動画を思い出す。

きっと基地に着いてから超高速で飛行服に着替えたのだろう。

戦闘機に乗ったのだろうか。

それとも、先に飛んだ仲間を見守り、待機していたのだろうか。

スマホを確認する余裕もないほど緊迫した現場だったことは、聞くまでもない。

こうして無事に戻ってきてくれただけで、ありがたいんだ。

秋月さんが帰ってくるまでの間、気が気じゃなかった。

自衛官のパートナーはみんな、こんな不安な思いを抱えているのかと思うと、胸が痛くて重苦しい。

ポケットから出したスマホを見て、秋月さんは唸った。

「しまった。母から返事が来ていた」

「どうかしたんですか」

秋月さんは出かける前よりよほど焦った顔をし、悠心君を廊下に降ろした。

「母がぎっくり腰になったらしい」

「そんな」

秋月さんがスマホの画面を見せてくれた。

【ごめん　母　ぎっくり腰　他の人に　たのめる?】と、電報のようなぎこちないメールが表示された。

ぎっくり腰ってことは、しばらくは安静が必要だろう。

「父はまだ働いているし……困ったな」

彼が言うには、悠心君は秋月さんのお父さんにもなついているが、お父さんはまだ定年退職前で、平日は仕事で無理だし、帰ってきたらお母さんの世話で手いっぱいだという。

「ううむ……しばらく官舎の誰かにお世話になるしかないか」

「基地に保育所はないんですか？」

女性自衛官だっているのだから、こういうときのために、いつでも頼れる場所があるべきだと思うけど。

「ある基地もある。だが、俺の基地にはない」

秋月さんは深いため息を吐いた。私は憤りを感じる。

スクランブルがある。夜勤もある。土日も当番の日がある。

命を懸けて働いている自衛官に対して、その子供を預かる保育所がないだと？

どうして国はそこにお金をかけないの。すべての基地に保育所を作るべきでしょ。

みんなが結婚していて、なおかつ女性が家に入って家事育児をするべきだとでも思っているのかな。

いや、怒っている場合じゃない。それよりも、今目の前で起きている問題をなんとかしなくちゃ。

「私が力を貸します」

「亜美？」

「もし秋月さんが迷惑でなければ、私がしばらくここに泊まります」

気づけば、口が勝手にそんなことを言っていた。

ここから勤め先のこども園は少し遠いけど、バスと電車でなんとか通えないことはない。

「やったあ。あみちゃん、ずっといるの？」

悠心君が無邪気にぴょんぴょんと跳ねる。

「しばらく……か」

「お母さんの腰がよくなるまで。どうでしょう？」

自分でも大胆なことを言っているのはわかる。

秋月さんは眉を下げ、ふうと息を吐いた。

「先に言われちゃったな」

「はい？」

「しばらくと言わず、これからずっとここに住んでもらえないかな。もちろん、ベビーシッターとしてじゃなく、俺の彼女として」

靴を履いて玄関に立ったまま、彼は私を真っ直ぐに見つめる。

自分から言い出したことなのに、改めて彼の口から言われると、胸が高鳴って仕方がない。

「……はい。支え合いましょう」

私は秋月さんに命を助けてもらった。これからは私が彼を支える。

「君に負担をかけるのは忍びないけど。その分、俺が君を愛するから」

大きな体を折り曲げ、彼は深く頭を下げた。

「よろしく、お願いします」

低い声が足元に落ちた。私は彼の肩を支え、顔を上げさせた。

「こちらこそ」

微笑むと、彼ががしっと私の頭を両手で挟んだ。

逃れる暇もなく、強引に唇を合わせられる。

「けっこん？　けっこんなの？」

私たちを下から見ている悠心君が、のんきにはしゃいでいた。

いやあ、そんなキスしただけでいきなり結婚なんて。

二歳の認識ってかわいいなあ……。

気づくと目の前の姿見に、シンプルなAラインのウエディングドレスを着た自分が映る。

ええっ！　私、なぜウエディングドレスを!?

「よく似合ってるよ、亜美」

突然後ろから声をかけられ、驚いて振り向く。

そこには、航空自衛隊の儀礼服を着た秋月さんがいた。

白いジャケットに、派手な肩章と金ボタン。ズボンは紺色で、サーベルが腰についている。

なにこれ眩しい……！

彼の笑顔に目を焼かれそうになって瞬きすると、次に目を開けた瞬間には、私はなぜか外にいた。

秋月さんに手を引かれ、親類縁者、職場のみんなの前を歩く。

「あっ!」

参列者の中に、いるはずのないお母さんとお父さんがいた。

ふたりとも礼服で寄り添い、笑顔で拍手をしている。

「お母さん、お父さんっ」

駆け寄ろうとするが、体が自由に動かない。

おかしい、と思った刹那、どこからかけたたましい警報が鳴り響いた。

人を不安にさせる波動を持ったそれに、私は耳を塞ぐ。

「スクランブル! 総員、戦闘配置!」

秋月さんの上官らしい人が声をあげると、参列していた自衛官、そして隣にいた新郎の秋月さんが走りだす。

なぜか全員が一瞬で迷彩服や飛行服に着替えていて、まるでヌーの群れのように、土ぼこりを上げながら式場から走り去っていく。

空を見上げると、どこの国のものかはわからないが、低いエンジン音を響かせて飛んでいく戦闘機の隊列が見えた。

ぽかんとしたのち、不意に泣きそうになった。

一生に一度の結婚式なのに。
ううん、式が中断されたことはもうどうでもいい。
あれって、ただの領空侵犯？　この国が戦争に巻き込まれたってこと？
「来た！　秋月一尉だ！」
誰かが声をあげた。
まさか、こんなに早く？　さっきここから走っていったのに？
地上からはるか離れた空の上を、唸り声のようなエンジン音をあげ、一機の戦闘機
が白い筋を描いて飛んでいく。
あれに秋月さんが乗っているの？
その戦闘機を目がけ、敵の隊列からミサイルが打ち込まれた。
戦闘機は華麗に旋回し、ミサイルを紙一重で避け、敵の後ろに回り込む。
轟音が響き、敵の飛行機が黒い煙を上げて落ち始めた。
「やめてっ。もうやめて！」
私は声が届くはずもない上空に向かって叫んだ。
秋月さんが戦っている。
早くやめさせなきゃ、逆に撃ち落とされてしまうかもしれない。

そんなの絶対に嫌！

恐怖でぺたんと座り込んだ私に、参列者から声がかかった。

「どうして自衛官なんかと結婚したの！」

聞き覚えのある声だった。

やめて、そんなこと言わないで。

私は爆音と誰かの声に怯え、頭を抱えて地面にへばりついた。


ぺちぺちと頬を触られ、私はハッと目を開けた。

「あみちゃん、だいじょうぶ？」

悠心君が心配そうにこちらをのぞきこんでいた。

「……ああー……よかったぁ。怖い夢見ちゃったよお」

そこにいた悠心君を抱きしめ、ふわふわの髪のにおいを嗅いだ。

そうだ、こっちが現実。さっきのは、ただの夢だ。

極彩色の、やけにリアルな夢だった。ああ怖かった。

「おーい。遅刻するぞー」

秋月さんの声が聞こえてきた。

「はーい」

私は急いで立ち上がり、布団をたたんで別室へ。

空き部屋には私がアパートから運び出した最低限の荷物が置かれている。

まだ正式に引っ越したというわけではないけど、あの緊急招集の日から二週間でほぼ移住は完了した。

ささっと着替えて洗面所で顔を洗い、薄く化粧をしてからリビングへ。

そこにはすでに朝食をとり始めている悠心君が座っていた。

同棲を始めた私たちは、家事育児を分担して生活している。

今日は秋月さんが朝食係だ。

「すみません、遅くなって」

急いでテーブルにつくと、向かいに座っていた秋月さんが微笑んだ。

「怖い夢見たんだって?」

どうやら悠心君から聞いたらしい。

「ええ……秋月さんが戦闘機で戦っている夢を」

ざっくり説明してトーストを持った私の頬を、彼は軽くつまむ。

「な、なんれすか」

「秋月さん、じゃないだろ？」

口元から笑いを消し、彼は私を見つめる。

そうだった。もう付き合っていて、同棲までしているのに苗字で呼ぶことはないだろうって、何回も言われているんだった。

「け、健心ひゃん」

「ようし」

彼は頬を解放し、頭を軽く撫でて手を引っ込めた。

そんな私たちを、悠心君がじいっと見ながらスティックパンを食べている。

私がここに住むようになって二週間経つけど、いまだにキス以上の進展はない。

悠心君が眠りについたあとにも、ハグやキスはするけれども、いわゆる男女の関係にはならなかった。

「そういえば、亜美の友達の言ってた自衛官合コン、なんとかなりそうだ」

「ほんと？」

「パイロットばかり酒を飲みに行くとスクランブルのとき困るから、いろんな部署のいろんな階級のやつなら集められる。亜美の友達がそれでいいなら、だけど」

たしかに。いざなにか起きたときに、パイロットが全然いなかったら困っちゃうものね。

もちろん当番のパイロットは最低限詰めているだろうけど、それだけでは済まない日もあるだろう。前みたいに。

「機体の整備やってるやつとか、管制室、医務室……どこの所属でもいいかな」

すごい。そうそうたるメンバーだ。

「そんなに独身の方がいるんですか？」

「いるいる。職場での出会いが少ないからな。不規則勤務だし、営内か官舎暮らしだし、なかなか縁がなくて。お見合い結婚するやつも多いよ」

そうなんだ。たしかに一般企業より圧倒的に女性の数は少ないものね。この前も、女性自衛官は取り合いになるって言ってたし。

「じゃあ、お願いします。萌に希望日を聞いておきますね」

「うん。よろしく」

ぱぱっと食事を飲み込んだ健心さんが、同時に食べ終わった悠心君を椅子から降ろす。

そこからが戦いだ。

保育園に行きたくないという悠心君を宥めすかし、着替えさせ、歯を磨き、リュックに持ち物を詰め……。

「おむつがない！」

「はいただいま！」

健心さんが低い声で唸ったので、私がおむつのパックを置いてある場所まで飛んでいく。

おむつを何枚か出し、名前スタンプをぽんぽんと押して袋に入れ、リュックにねじこんだ。

「ようし、行くぞ悠心」

「どらねこのたおるー」

「どらネコのタオルは洗って干してあるから、今日はあんまんマン持っていこうな」

「いやー！　あみちゃんのくれたどらねこぉおおぉぉ」

涙は出ていないものの、悠心君のイヤイヤ絶叫が始まった。

彼は健心さんと離れたくないのか、保育園に行くのを嫌がる。一緒に暮らして初めて、意外と頑固なことに気づいた。

私と同じで、自分が知らないうちに健心さんがいなくなるんじゃないかと、漠然とした不安を感じているのかもなあ……ただのイヤイヤかもしれないけど。

耳元で叫ばれた健心さんのこめかみの血管が浮き出たような気がした。

彼は手や大声をあげたり、やたらと怒ったりしない。

それでも人間だもの。イライラすることもあるよね。

「どらネコは乾いてないんだ。生乾きのタオル嫌だろ？」

「いい～どらねこもってく～」

「君ねえ……」

丸まって大福のような形になって動かなくなった悠心君。

健心さんはイライラを抑えて話してはいるものの、今にも舌打ちしそうな顔をしている。

わかる。わかるよ、健心さん。

「どらネコがよかったんだね。よしよし」

見かねて背中をさすると、悠心君が私にしがみついた。

「じゃあ、あんまんマンじゃなくて、空腹いもむしくんにしようか。私もいもむしくんのエプロンしていくから。お揃いだよ」

悠心君を抱き上げ、バッグからこども園でつけるためのエプロンを広げて見せる。

エプロンのポケットについたいもむしのアップリケを見て、悠心君はこくりとうなずいた。

「いもむしする」

「よし。えらいね」

私はタオル置き場からいもむしのタオルを出し、小さな手に握らせた。

「君はほんと、亜美が好きだよな」

あんまんマンのタオルを放り、呆れた顔の健心さんが小さなリュックを肩にかける。

「行くぞ！　ほら、一緒に来るんだ」

「あみちゃんといくぅぅぅ」

「亜美は方向が違うのっ。亜美が遅刻して、怒られてもいいのか？」

また駄々をこね始めた悠心君の説得をする健心さん。

「じゃあぱぱといってあげる。あみちゃんないちゃうから」

いや、怒られても泣きはしないけども……小さいなりに気を遣ってくれているんだよね。

「妥協してくれたか。ありがとうよ」

頬を引き攣らせ、健心さんは悠心君をひょいと抱き上げた。

「じゃあ、行ってきます！」

「行ってらっしゃい。気をつけて」

走るように玄関に向かう親子を追いかけて見送る。

すると靴を履いた健心さんが、振り返って片手で私を抱き寄せた。

目を閉じる間もなく、軽くキスをされ、余計に目を見開いてしまう。

「あー！　ぱぱえっち！」

「うるさい。君も大きくなったらエッチなことやるんだよ。他の人とな」

私の肩を離し、抗議する悠心君の靴をひょいと摘み上げた健心さん。

そ、そういうこと子供に言う？

「あみちゃん、ゆうくんのなのー！」

「俺のだ。絶対やらないからな」

ベーッと舌を出す健心さんに、悠心君はイーッと歯を見せて返した。

バタンとドアが閉まり、置き去りにされた私はしばし呆然と立ち尽くす。

……なんだかんだ、仲がいいんだから。


バスと電車を乗り継ぎ、一時間ほどかかってこども園に着いた私は、すでにくたくたになっていた。

「なんだか最近疲れてない？」

「ええ、まあ」

美奈子先輩に心配されてしまった。

正直、私は疲れている。今朝の夢見が悪かったせいだけではない。

やはり、いきなり二歳児の母代わり、自衛官の奥さん代わりになるには、覚悟が足りなかったかもしれない。

悠心君と健心さんを助けたい一心で同棲を申し出たけど、職場が遠いのがこれほどきついとは思わなかった。

しかも、健心さんが夜勤の日は、私が悠心君を保育園に送っていくので、さらに家を出るのが早くなる。

車を買えばだいぶ楽になりそうだけど、いきなりそんな大きな買い物をする決心がつかない。

それはともかく、いくら悠心君がおとなしい方だろうと、二歳児の世話はやはり大変。まだ寝かしつけが必要なので、一緒に寝落ちしてしまうこともしばしば。

洗濯は洗濯機に任せるとして、食事も三人分作らなきゃだし、掃除もサボるとすぐ家が汚れるし、ちっとも片付かないし。

結婚生活って、少しずつ積み上げていくものなんだなって、痛いほど感じている。

本来自由で楽しいはずの恋愛期間をすっ飛ばして、いきなり家庭に入るようなことは、やっぱりよくなかったかも。

健心さんは優しいし、悠心君はかわいい。

ふたりとも私を慕ってくれて、お姫様扱いしてくれるのはうれしい。

だけどちょっと……時間の余裕がなさすぎるかな。

園児のお母さんたちを見ていて、仕事もして子育てもするって大変そうだと思っていたけど、実際にやってみると、イメージの十倍大変だということがわかった。

「そろそろ二週間か……」

お遊戯会の準備は順調で、たまにへそを曲げて隅っこに座ってしまう子はいるものの、全体的には崩壊せずにいい感じに進んでいる。

本番はさらに二週間後の土曜日。

健心さんが休みなのは確認済みだけど、もしスクランブルがあったらどうしよう。

さすがに自分の子でもないのに、悠心君を職場に連れてくるわけにはいかない。お世話をしている暇もない。

スクランブルも日本全体で年に十数件ほどだから、それほど気にしなくていいと彼は言うけど。

海外情勢は刻一刻と変化していて、領空侵犯の件数も近年は増加傾向にあると、ニュースでやっていた。

あまりそういうことばかり考えて鬱々するのもよくないけど、もしものことを考えて、誰かに悠心君のことを頼んでおかないと……。

「せんせー、せんせー」

「あっごめん、なに?」

いけないいけない。ちょっとボーッとしていたみたい。いくら疲労が溜まっていても、仕事はちゃんとやらなきゃ。

夕方までなんとか耐え、やっと帰れると思ったとき、副園長に呼びとめられた。

「亜美ちゃん、最近元気がないね。どうしたの。遊びすぎ?」

なにも考えていなさそうなヘラヘラ顔で尋ねられ、ずうんと胸が重くなった。

遊んでない。全然遊んでない。

副園長みたいに、自分ちのお寺がやっているこども園に通っているわけでもなし、ラーメンみたいなパーマをあてる時間もなし、帰る時間を気にしなくていい心の余裕もなし。

自分で決めたことでしょって言われたらそれまでだけど。

「いいえ、違います。お疲れ様でした」

愛想笑いをする余裕もなく、私はフラフラと職員室を出ていく。

「ねえ、今から焼肉行こうか。おごってあげるから。他の先生には内緒で」

「焼肉?」

焼肉……久しく食べに行ってないな。

健心さんと一緒に行ってみ……だめだ。悠心君が網を触ったら危ない。

「お腹の調子が悪いのでやめておきます。ごめんなさい」

丁寧にお断りして、駅までの道のりを歩く。その途中で、スマホが鳴った。

もそもそとバッグを探ってスマホの画面を見ると、おばさんから着信が入っている。

「はい! 亜美です」

『もしもしおばちゃんだよ。元気にしてる?』

すごく久しぶりのおばさんの声だ。

おばさんはもう五十代だけど、中年太りとは無縁のすらりとした体型で、かっこいいショートカットにしている。

性格もさっぱりしていてねちっこいところはないのに、情には厚い。自慢のおばさんだ。

「元気です～」

副園長に絡まれたときとは違い、自然と元気が湧いてくるような声かけだ。

『ねえ、宅配便送ったんだけど、届いた？』

「宅配？　いつ？」

『三日前。もう届くと思うんだけど』

しまった。その可能性を忘れていた。

ほとんどがオンラインでやりとりできる時代だ。郵便物なんてそうそう来ないだろうと思ってアパートを放置していた。

おばさんの家からここへ宅配便を送ったら、通常二日くらいで届く。

いつも宅配を受け取ったらすぐにお礼の電話をする私からなんの連絡もなかったから、不審に思ったのだろう。

「ごめんなさい。ちょっと昨日は先輩の家に泊まってて。ほら、お遊戯会の準備が佳境だから、持ち帰らないと間に合わなくて」

いかにもありそうな状況の嘘を並べた。チクチクと胸が痛む。

「今日は帰って不在票入ってないか、確認するね」

『そうしてちょうだい。すぐ腐るようなものは入ってないけど』

「はーい」

アパートはちょうど駅の近くだから、寄っていこう。

『じゃあ、元気でね。困ったことがあったら、いつでも連絡して』

「はい。おばさん、ありがとう」

おばさんの優しさが胸に染みる。

『あと、彼氏ができたら教えてよ。ひとりで寂しくても、変な男にホイホイついていかないようにね』

「あはは……気をつけます……」

すでに同棲を始めてしまったなんて言ったら、なんと言われるだろう。

ぎくりとした私は、下手な愛想笑いをして電話を切った。


一旦アパートに帰ると、たまたま宅配便のバンが近くに停まっているのを発見した。

他の家から戻ってきた配達員をつかまえて不在連絡票を見せると、運よくそのバンに乗っていたおばさんからの荷物を受け取ることができた。

アパートの中を確認するも、異常なし。ポストの中身もそれほど重要なものはない。

安堵し、タクシーを呼んでマンションまで帰った。

痛い出費だけれど、重い段ボール箱を抱えて電車とバスで帰る気力はなかった。

マンションのエントランスで、段ボール箱を持った私は、インターホンを押そうと、前にいたご婦人の後ろに並んだ。

「こんばんはー」

「はい、こんばんは」

タクシーの中で寝たから、少し体力が戻った。

健心さんと悠心君が先に帰ってきているようだから、ここまで迎えに来てもらおう。

重い段ボール箱を健心さんに運んでもらいたい。

「どうぞ。私はもう済んだから」

「あ、そうですか。すみません」

ご婦人がインターホンの呼び出し画面の前を譲ってくれた。

ここで誰かを呼び出して待っているのかな。

よたよたと画面に近寄ると、エレベーターが到着する電子音が聞こえた。

「ばあばー」

ウインと自動ドアが開く音と共に、悠心君の声が聞こえた気がした。

ハッとそちらを向くと、なんと健心さんと悠心君がいた。

「悠心、元気そうね」

先にいたご婦人の方に駆け寄っていく悠心君。ご婦人は優しい顔で足にしがみついた悠心君の頭や背中を撫でる。

「亜美。一緒だったのか」

「え?」

健心さんが驚いた顔でこちらを見る。

この状況って……ばあばって、もしかしなくても。

「け、健心さんのお母さん?」

手が滑り、段ボールを落としそうになったところを、健心さんが「おっと」と支えて、自分の手で持ち直してくれた。

「あら、あなたが亜美さん? 健心の彼女さんね?」

ぱあっと顔を輝かせるご婦人、いや健心ママ。

ちょっとふくよかだけど、背も高く、若々しい印象を受ける。

「は、はじめまして! 水原と申します!」

相手は私のことを知っているらしい。

私は慌ててぺこりとお辞儀をした。

「かわいいお嬢さんね」

ニコニコ笑顔のお母さん。目の下の笑い皺が、健心さんそっくりだった。

「あの、腰はもう大丈夫なんですか？」

「ええ。もうピンピンよ。ありがとう」

雑談をする私たちの間に、健心さんが割って入った。

「とにかく、ここじゃなんだから部屋に行こう」

「そうね」

私たちは一緒に部屋に向かった。

一同の一番後ろで、私はドキドキしていた。

お母さんが来るなら来るって言っておいてほしかったな。

服を着替えるような余裕はなかったかもしれないけど、もう少し念入りに化粧をしたり、髪を整えておきたかった。

もしや、と思いバッグの中に入れっぱなしだったスマホを見る。

やはり、健心さんからの連絡はちゃんと来ていた。

【母が遊びに来るらしい。急でごめん】

ただ私がタクシーで爆睡して見ていないだけだった。

しまったなあ。もっと早く気づいていたら、アパートで一泊したのに。

どんなにいい人であっても、彼氏の母親だ。

対面すれば、緊張するし気を遣う。

「はいお土産ー。と言っても、お惣菜だけどね。どうせ夕食できていないんでしょ」

お母さんはエコバッグの中から、パックに入ったコロッケを取り出した。おいしそうなにおいがリビングに漂う。

「これ、あのとんかつ屋さんのコロッケだろ」

「そういえばあなた常連だって言ってたわね」

あのとんかつ屋さんとは、最初のデートで行った、穴場のお店か。

あのお店のコロッケだったら絶対おいしいよね。

「亜美さんの分もあるのよ。食べてね」

「いいんですか?」

「もちろん。私が腰を壊している間、迷惑かけちゃってごめんなさいね。職場が遠いんですって?」

どうやら私がここに住んでいることも知っているらしい。

説明の必要がなくなり、ホッとする。

堅いご両親だったら、結婚してないのにいきなり同棲なんてありえない！　と怒られるところだった。

「あ、はい……」

「これからはどうするの？　まだアパート解約されてないんでしょ？」

話し続けるお母さんを、健心さんがテーブルの方へ案内した。

「悠心腹減ってるから。食べながら話そうか」

「そうね！　悠心、大好きなコロッケよ～」

「わーい」

とんかつ屋さんであえてコロッケを買ってきたのは、悠心君の好物だからか。

たしかにまだ二歳じゃ、とんかつは噛み切りにくいものね。

急いでご飯をチンし、昨日の残りのお味噌汁を温め、作り置きのおひたしやマリネを出し、四人での食事が始まった。

「俺は筋肉になるものを食べたいんだけどな」

今まで食べ物に文句をつけたことがない健心さんが、珍しくぼやいた。

「亜美さんの前だからってパイロットぶってかっこつけないの。あとでプロテイン飲んでおけばいいのよ」

「ぶってって、実際パイロットだよ」

渋面の健心さんを、お母さんが豪快に笑い飛ばす。

仲のいい家族だな。

微笑ましく見ていると、悠心君の隣に座ったお母さんが、私にソースのボトルを差し出した。ちなみに私はお母さんの向かい、健心さんの横に座っている。

「ありがとうございます」

「いいえ。そうだ亜美さん、ずっとここに住むのなら、車を買ったら？　その方が通勤に便利でしょう？」

悠心君がコロッケを夢中ではぐはぐと食べているのを観察しながら、お母さんが言う。

「車……そうですね。思い切って買おうかな」

保育士の給料はそれほどよくないけど、両親が残してくれた遺産が少しはある。

それとは別に、お父さんの死亡退職金や賞恤金など、殉職した消防士の家族に支給されるものも残っている。

そのおかげで、ひとり暮らしや進学もできた。だからといってラッキーだと思ったことはない。心の傷は、どの被災者の心にも同じように残っているだろう。

命の危険のある職業に就く人を避けてきた私だけど、今ではお父さんと同じように、彼らも私たちとなにも変わらない、ただの人なのだと感じている。

ただの人なのに、とても危険な職業をまっとうしてくれたお父さんに、感謝は絶えない。

「そんなの健心に買わせればいいのよ。お世話になっているんだから」

当然のように言うお母さんに、健心さんもうなずく。

「そうしよう」

「車を買っても、私ももちろん今までのように手伝うわよ？」

「いやいやいやいや、買わせられませんって」

彼女に車を買ってあげなさいなんていう親、いる？　聞いたことない。

「いいのよ。自衛官なんてね、仕事ばっかりで家族になんにもしてあげられないのに、お金だけは貯まっていくの。たまには経済を回すために使うべきよ」

そ、その言い方はあまりに気の毒。

言葉を失う私の前で、お母さんはコロッケにかぶりついた。

「それ、叔母さんの受け売りだろ。叔父さんが可哀想だからやめろよ」

「あらやだ、そんなつもりないわよ。亜美さん、自衛官の妻はいいわよ～」

コロッと態度を変えたお母さんに、返す言葉が見つからない。

ブルーインパルスのパイロットだった叔父さんの奥さん、つまり健心さんの叔母さんの苦労が垣間見えた気がした。

ブルーはスクランブル発進こそないが、全国各地を展示飛行で文字通り飛び回っている。

ブルーの任期が終わってからは、普通の自衛官として転勤もあっただろうし。もし自分が奥さんだったら、やっぱり大変だろうなと想像する。

「ほらあ、健心にはいろいろな事情があるでしょ？　彼女も奥さんも見つからないんじゃないかって、心配してたのよ」

お母さんはちらっと悠心君を見た。

それは、子連れ再婚が難しいという意味だろうか。

悠心君がいるから、休みの日も彼に自由な時間はほぼない。女の人と出会うには、それこそお見合いでもしないと難しい。

それに、未婚で悠心君を育てている理由を聞いたら、尻込みする女性は多そう。

自分とも彼氏とも血が繋がっていない子供を養育するのは、並大抵でない覚悟や勇気がいると想像できる。

「やめろって」

健心さんの苛立った声が、場の雰囲気を重くした。

たしかに、悠心君がいる前で言うことではない気がする。

悠心君が大きくなってすべてを知ったとき、健心さんが独身だったら、自分のせいだと思うかもしれない。

でも今は、なにも知らないでいい。なんの心配もなくすくすく育ってほしい。

「現実の話をしているのよ」

現実的に、たしかに健心さんの再婚は厳しい。

これだけ魅力的な人が今も独身なのは、出会いが少ないだけではなく、悠心君の存在も影響しているからだろう。

「だから、亜美さんのことを大事にしなきゃだめ。逃がしたら、承知しないから」

気の強そうな視線で、お母さんが健心さんのことをにらむ。

健心さんは大きなため息を吐き、「わかってるよ」とだけ返した。

「もしかして、ふたりきりでデートしたことないとか？」

いきなり女子高生みたいな言葉遣いで、私たちを交互に見てくるお母さん。

「そりゃ無理だろ」

独身同士のお付き合いならそれも可能だったけど、私たちの間には最初から悠心君がいる。

「なにやってるの健心！　そんなんじゃ逃げられちゃうわよ。見て、この亜美さんの疲れ切った顔」

「疲れ切った……」

私、どんなひどい顔をしているんだろう。

「私が元気になったからには、悠心はいつだって預かるから！　あなたたちはもっと、ふたりきりの時間を楽しまなきゃだめ。若いときにしかできないこともあるからねっ」

「あの、私は大丈夫……」

「ねっ!!」

強い口調で反論を封じられた私は、思わず小さくうなずいてしまった。

「善は急げよ。さっそく今度の休み、ふたりでどこか行きなさい」

「なんで命令口調なんだよ」

「命令だからよ。悠心は、ばあばと一緒にどっか行こうね～」

ほぼ食べ終わって食器を弄んでいた悠心君が、お母さんを見上げた。

「ゆうくんだけ？」

「そーよ。ばあばとおもちゃ屋さんと駄菓子屋さん行って、ハンバーグ食べましょう」

「いーよー」

あっさり承諾する悠心君。

こうして私たちは、半ば無理やりデートをすることを決められてしまった。

次の休み、悠心君をお母さんに預け、私たちは出かけた。

と言っても、あまり遠くには出かけられないので、街中にあるホテルに向かうことに。

「行先まで母が勝手に決めてしまって、申し訳ない」

「いいえ、全然。楽しみです」

基地から車で四十分ほどで、県を代表する大きな駅が見えてくる。

その周辺は基地周辺とは違い、ビルや商業施設などが立ち並んでいる。

「お城が見えました！」

車窓から見えた天守閣のような建物を指さす。

あれは昔からある、えらいお侍さんのお城だったに違いない。

しかし健心さんはぼそりと呟いた。

「あれ、ラブホ」

「ら、ラブッ……」

「有名だよ。行ってみる？」

私はブルブルと勢いよく首を横に振った。

遠くから見るとわからないものだ。ああ、恥ずかしい。

自衛官の間で有名なラブホを尻目に、私たちは目的地に向かう。

健心さんの車で到着した目的地は、普段とは別世界が広がっていた。

森のような木々の中を抜けて見えてきた建物は、クラシカルヨーロピアン風とでもいうのだろうか。歴史を感じるような異国風の建物だ。

ふたりだけではデートの行先もなかなか決まらなさそうだから、と健心さんのお母さんがこのホテルを予約してくれた。まさに至れり尽くせり。

「すごーい」

中に入った私は、ゆっくり回りながら高い天井を見上げる。
広いロビーの中央にはお城みたいな螺旋階段にシャンデリア。
それでいて、壁には和風の絵画がかけられている。
豪華だけど、和洋折衷のデザインや色遣いが、なんとなく落ち着きを与えてくれる。
ロビーには私たちの他にも若いお客さんの姿がちらほら見えた。
「ほら、ボーッとしてるとコケるぞ」
カウンターで手続きをした健心さんに、すっと手を引かれた。
「す、すみません」
考えてみれば、悠心君抜きで手を繋がれたのは初めてだ。
再会したときからずっと、彼といるときは悠心君が間にいた。
そのおかげで緊張が緩和され、助けられたこともたくさんある。
今さらふたりきりにされても、どうしていいのかわからないなあ。
私は熟年夫婦のようなことを思いながら、健心さんと普通のカップルのように歩いた。

十分後、私は抜き足差し足で更衣室から出た。

「わあ……」

四角い大人向けプールに、小さな丸い子供向けプール。子供向けの方には、滑り台が設置されている。

ガラス張りの空間は明るく、ドーム型になった天井からも柔らかな日差しが差し込む。

そう、このホテルには一年中楽しめる室内温水プールがあるのだ。

しかもこの部屋から一歩移動すると、水着のままで大浴場も楽しめる。

健心さんのお母さんは私がよほど疲れていると思っているのか、強烈に大浴場をプッシュしていた。

昼間に行くのだし、せっかくだからプールに入ってみようと健心さんに言われた私は、大急ぎでアパートに帰り、クローゼットから水着を発掘した。

学生のときに一度着たきりの白い水着は、なんだか小さくなっているような気がする。私が太ったのかな。

とりあえず若々しい派手なデザインじゃなくて、シンプルなものを選んだ当時の私を褒めたい。

「お嬢さん、ボーッとしていると危ないですよ」

真横から声をかけられ、びっくりしてそっちを見た。

「あ……」

「ラッシュガードとか、なかったのか」

いつの間にか隣に立っていたのは、健心さんだった。

初めて見るミケランジェロのダビデ像のような見事な裸身に、一瞬視線を奪われる。

すごい。普段のシャツの上からでも、胸板が厚いのはわかっていたけど、特に腰回り。

シックスパックどころじゃない。胸から下、いくつに割れてるの？

毎晩筋トレしているのは見ていたけど、こんなにきれいに線がついているなんて知らなかった。

ちなみに水着はごく普通の、ハーフパンツ型の無地の水着だ。

「おーい。調子悪いのか？」

目の前で手を振られ、やっと我に返る。

やだ、私ったら。健心さんの体に見惚れるなんて。

「ご、ごめんなさい」

「とりあえずこれ着るか？　目のやり場に困るから」

視線を上に移すと、ほんのり頬を染めた健心さんが、パーカー型のラッシュガードを私の肩にかけた。

「えっと……」

やっぱり、大学生のときの水着じゃ似合っていなかったかな。

もたもたと健心さんの大きな白いラッシュガードを着ていると、彼がじれたように手を出してきた。

「ほら早く」

器用にファスナーを首まで上げてくれる。

さすが自衛官。早着替えに慣れている。って、違うか。

ラッシュガードで水着が見えなくなると、健心さんはやっと私の目を見て微笑んだ。

「こういういいものは、俺しか見ちゃだめだから。邪魔かもしれないけど、着ていなさい」

いいものって……もしや、私の水着姿を他人の目から隠そうというの？

たしかに今日は土曜日、他にも大勢お客さんがいる。

けれど、そのほとんどが家族連れかカップルだ。

わざわざ私のことを見るような人はいないように思える。

「別に誰も見ていないんじゃ」

「そんなことない。いいから着てろ」

健心さんは至極真面目な表情で、冗談を言っているようには見えない。

脱ぐと怒られそうなので、そのままでいることにした。

私も水着だけより、こっちの方が落ち着くし。

「さあ、行こう」

健心さんに促され、シャワーを浴びて軽く準備運動をし、少しずつ足から競泳用プールに入った。

「さすが温水。温かいですね」

「これならいつまでも入っていられるな」

もうひとつあるプールは混んでいて、多くのカップルが楽しそうに遊んでいる。

私たちも、はたから見たら普通の恋人同士に見えているのかな。

「私、全然泳げなくて。健心さんは泳げるんですか？」

「まあ人並みには。よし、俺が手を引くから、泳いでみな」

「ええ～」

私は健心さんに両手を引かれ、幼児のように足をバタバタさせる。

「すごい。全然才能ないな」

「ふえ～ん」

小さい頃から、私は水が苦手なのだ。

すぐ諦めて床につけようとした足が、水を掻いた。

「わぷっ」

どうやら、プールの中央は深くなっているみたい。

身長一五〇センチちょいの私は、足を床につけると、顔が沈んでしまう。

息をとめてつま先で床を蹴り、なんとか浮上しようとしていると、健心さんが私を
肩の上に抱き上げた。

彼の首に摑まり、なんとか九死に一生を得る。

「うう～、怖いです」

「そうか、ごめん。休憩しよう」

健心さんは私を抱えたまま、スタート地点の浅いところまで移動した。

「悪かった。最初からこういうところに来るべきじゃなかったな」

「え？」

私をプールの縁に座らせた健心さんは、しょんぼりうつむいた。

濡れた前髪から、雫が垂れる。

もしや、私が水害に遭ったから、そのトラウマで泳げないとでも思っていたのかな。

そんなことはない。たしかに当時はお風呂に入るのも怖かったけど、それもすぐに克服した。しかしいまだにカフェオレやミルクティーは飲めない。

雨の音や川や海などに不安になることもあるけど、きれいな水があるところ――つまりこういうプールとか、お風呂は別だ。

「全然大丈夫ですよ！　ガチの金づちなだけで」

私は健心さんに苦手なことと大丈夫なことを説明する。

じっくり顔色を観察され、大丈夫だと判断したのか、しょんぼりしていた彼がやっと微笑んでくれた。

「よかった。とんでもないことをしたのかと」

「嫌なら最初から断ってます。ほら、浅いところでちゃぷちゃぷしましょう」

他のカップルも、このモリモリ泳ぐ競泳用プールにはあまりいない。

中心部の水深が私の背よりもあるせいか、子供にいたってはほとんどいなかった。

私たちはちゃんと足がつくところで水をかけあったり、泳ぎを練習したりして遊んだ。

自然と笑みが零れる。健心さんも、今まで見たことのないような無邪気な表情をしていた。

ああ、私たち、普段はやっぱり緊張していたんだな。

悠心君といると、その無邪気さやかわいらしさに癒されることが多いけど、それだけじゃない。

彼はまだ二歳だから、常に誰かが目を配っていなければならない。

健心さんは責任感が強いから、悠心君といるときは、無意識にずっと気を張ってきたんだろう。

私もそうだ。仕事のときには預かっている子供たちが、家にいるときには悠心君が、みんな健康に過ごせるよう、いつも気を配っているつもり。

私たち、もっとリラックスする必要があるのかもしれないな。

もちろん、悠心君から目を離していいとか、距離を置きたいとかそういうことじゃない。

これからもたまにはこうして、ふたりきりでリフレッシュできるといいな。

「少し休憩するか」

ひとしきり遊んだあとで、健心さんに手を引かれてプールから出た。

彼のサイズのラッシュガードが水を吸って重くなっている。

健心さんはこちらを見て、ぼそっと言った。

「失敗したな」

「はい？」

「白のものは下の色が透けるんだな。……すごくエロい」

エロい。

そんなこと初めて言われたので、私は一瞬にして羞恥心が致死量に達した。

体中が熱くなり、今すぐ冷たい水に飛び込みたい気分だ。

いつもは真面目な健心さんでも、そういうこと言うんだ。

「おお、全身ピンクになった」

「やめてくださいっ」

「冗談だよ。ほら、あそこに座ろう。飲み物持ってくる。なにがいい？」

更衣室の入り口近くに、飲み物や軽食を出すカウンターがある。

健心さんはそこを指さし、微笑んだ。

窓際のビーチチェアに座り、背中をもたれかけさせる。

周囲には、私よりナイスバディの若い女の子がたくさんいた。

ラッシュガードなんて着ないで、惜しみなく水着姿を披露している。

悲しいけど、私はそこまで凹凸がない。平均的な日本人体型だ。

「ねえねえ、あの人すごい」

近くから声が聞こえ、ふとそちらを向いた。

ビーチチェアにもたれる女性のふたり連れ。ＯＬさんのような雰囲気で、ふたりともメイクバッチリの美人さんだ。

彼女たちが指さす方を思わず見ると、そこには健心さんがいた。

「ちょうどいいマッチョ。イケメンじゃない？」

「うん。って言うか顔が小さすぎ。遠近感おかしくなりそうなんだけど」

ひそひそ言っているつもりだろうが、反響してバッチリ聞こえている。

「あ、でもドリンク二つ持ってる。女連れか～」

「そりゃそうでしょ」

つまらなさそうに言う女性たちの脇を通り、健心さんが迷わず私に近づいてきた。

「はい、どうぞ」

ノンアルコールの普通のアイスティー。グラスの縁にレモンが刺さっている。

「あ、ありがとうございます……」

目だけ動かして女性たちの方を見ると、ふたりとも信じられないものを見たような顔で、ぽかんと口を開けていた。

ああ、ごめんなさい。こんな私が彼の連れで本当にごめんなさい。

「どうかした？」

隣に腰かける健心さんが、心配そうに私をのぞきこんだ。

「いいえ、なにも」

他人の目なんて気にするな。大丈夫だから。

私は必死で自分に言い聞かせる。

誰がなんと思おうと関係ない。いきなり自信を持つことなんてできないけど、私が彼の彼女であることはれっきとした事実なんだもの。

頭を冷やそうと、冷たい飲み物を口に入れた。そのとき、またふたりの女性の方から声が聞こえた。

「あの子、ひとりで遊んでるのかな？」

「お母さんいないね。って、あ！　ひっくりかえった！」

彼女たちの視線を追い、すぐそばの競泳用プールを見ると、さっきより利用客が増えている。

本気で泳ぎを練習するというより、空いたところでのんびり遊んでいるという印象だ。

そのプールの中央付近の水面に、黄色の浮き輪らしきものと、小さな足が見えたような気がした。

まさか、あれって。

「溺れてる」

「えっ」

健心さんは言うが早いか、プールの中に飛び込んだ。

大きな水しぶきがあがり、監視席の監視員が笛を鳴らす。

危険なので飛び込みは禁止。だけど、今はそんなことを言っている場合じゃない。

「誰かが溺れています！」

私は監視員に向かって叫んだ。

水に視線を移すと、健心さんはもうプールの中央に泳ぎ着いていた。

長身の彼は、中央でもしっかり足をつけることができる。

彼は監視員がたどり着くより前に浮き輪を水面から上げた。

それは普通の浮き輪ではなく、アヒル型のフロートだった。

「きゃああ！」

周りにいた人が悲鳴をあげ、健心さんから離れていく。

彼は水の中に潜ったかと思うと、すぐに顔を出した。

肩には三歳くらいの小さな女の子が乗っている。

「健心さん！」

彼はプールの縁まで近づくと、待っていた監視員に女の子を預けた。彼女の顔は青白くなっている。

監視員はプールサイドに女の子を寝かせる。しかしその手つきはなんだかまごまごしていて、危なっかしい。

「どいて」

水からあがった健心さんは監視員を押しのけ、女の子の口に手のひらを近づけた。呼吸をしているか確認しているのだ。

「大丈夫？　しっかりして！」

健心さんは女の子の肩を軽く叩いた。

私はビーチチェアにかけておいたタオルを、女の子の体にかける。

ひざまずき、彼女の顔を横向きにすると、コホッと水を吐いた。意識がありそうだ。

さらに健心さんは女の子の膝を曲げさせ、下にした手を横に伸ばした。吐いた水を誤嚥するといけないので、寝返らないようにするためだろう。

「のんちゃん！　のんちゃん、のんちゃん！」

ようやく母親らしき人が現れた。若いお母さんは、赤ちゃんを抱いている。

名前を呼ばれた女の子は、うっすら目を開け、お母さんの方を見た。

「ここは俺たちが見ているから、早く救急車を」

健心さんの低い声に威圧されたように、監視員は飛んでいった。

「親がちゃんと見てないから……」

「死んじゃうの？　可哀想」

周囲からの視線を一心に集めてしまっている女の子。

お母さんは真っ青な顔で、タオルにくるまれた女の子の背をさすっている。

「意識があるから、大丈夫ですよ。ほら、唇の色が戻ってきた」

健心さんは優しくお母さんに言った。

お母さんは涙を零し、「ありがとうございます」と頭を下げた。

足を入れるタイプのフロートに乗っていて体勢を崩し溺れるというのは、幼児によくある事故だ。

だからそういうものを使わせるときは幼児から絶対に目を離してはいけない。

けれど、お母さんの片腕には乳児が抱かれている。連れの姿は見当たらない。

赤ちゃんの世話をしていて、女の子まで目が行き届かなかったのだろう。

お母さんにまったく責任がないわけじゃないけど、一概に責める気にもなれない。

「お母さん、救急車が来る前に着替えておきましょう。健心さん、ここを頼みます」

力強くうなずいた彼から離れ、お母さんと赤ちゃんを更衣室に連れていった。

お母さんは周囲の視線から外れた途端、わっと泣きだす。

「ひとりでふたりを連れてきた私がいけなかったんだ……！」

私は震える彼女の肩を抱き、腕についているロッカーのキーを見て、同じ番号の場所まで案内した。

「私が抱いていますから、着替えてください。大丈夫です」

「すみません、すみません」

お母さんは涙を流したまま、着替え始めた。

私はお母さんから赤ちゃん用のタオルと着替え、おむつを受け取り、ベビーベッドで赤ちゃんの支度をした。

「大丈夫です。溺れたのはきっと数秒でしたし、意識がありましたから」

女の子の顔が見えるまで、永遠のように長い時間がかかったように感じた。けれど実際は、フロートがひっくり返ってから健心さんが彼女を救助するまで、たった一瞬だった。

「ありがとうございます、ありがとうございます」

女の子のところまで戻ったお母さんは、健心さんに何度もお礼を言い、救急隊と共にプールから去っていった。

念のために病院に行った方がいいけども、最後に見えた女の子は、血色が戻っており、大きな心配はないように思えた。

「あーあ。なんか興が削がれたって感じ」

「テンション下がるー」

「シングルマザーかな？　ほんと迷惑だよ」

プールは一時利用中止となり、利用客は点検のためにプールサイドで待機することになった。

文句を言う利用者の気持ちがわからなくはないけど、そんなに言わなくても。

あのお母さんはしっかり反省しているみたいだったし、自分たちだって明日は我が身だと思って気をつけるしかない。

私たちもなんとなく視線を浴びてしまい、気まずくなったのでプール遊びをやめることにした。

清潔な衣類が温かく感じる。冷えた体に心地いい。

更衣室を出るとホテルの従業員らしき人が私たちを待っていた。

「ありがとうございます。誠に申し訳ございませんでした」

「いえいえ、とんでもない」

あっさり対応する健心さんに、従業員は慇懃な態度で礼をし、頭を上げる。

「先ほど病院から連絡がありまして、女の子は無事だったようです」

「それはよかった」

女の子の無事が伝えられると、健心さんはやっと顔をほころばせた。

私も一緒に胸を撫でおろす。

よかった。すぐに診察してもらえたんだ。早く家に帰れるといいな。

「親御さんが、是非お礼をしたいそうなのですが、どういたしましょう」

「あーいや、俺実は公務員なので。そういうの、受け取れないんですよね」

仕事の上で助けたわけではないので、お礼を受け取っても大丈夫そうだけど、そもそも健心さんはそんなことを望んでないみたい。

従業員はこくりとうなずいた。

「左様でございますか。では、ご連絡先を教えていただきたいとおっしゃっていましたが、お断りしておきますね」

「そうしてください。ついでに、体をゆっくり休めるように伝えてください」

にっこりと笑った健心さんに、心臓を射抜かれたような気がした。

女の子を助けたヒーローなんだから、もっと胸を張ってもよさそうなものを。

才色兼備なのに天狗にならなくて、謙虚で周りに優しい。

そういうところが、たまらなく好きだ。

「では、件のお客様の代わりに、私どもからお礼を」

「いえいえ、大丈夫ですって」

「お客様のお部屋をグレードアップさせていただきます」

はた、と健心さんの動きが止まった。

一応一泊できるように部屋は予約してあるが、いつスクランブルがあるかわからないので、一番安い部屋にしてあるのだ。

「その部屋は……ベッドは大きいのかな」

健心さんは遠慮がちに聞いた。

一八〇センチを少し超える身長の彼は、市販のシングルサイズのベッドだと足がはみ出てしまうらしい。

ちなみに今家で使っている布団も、悠心君を引き取るまで使っていたというベッドもセミダブルサイズ。

今回の部屋のベッドのサイズももちろん来る前に確かめた。ギリギリいけるかな、という大きさだった。

「はい、もちろん。お客様の身長でも余裕がある特注サイズのベッドでございます」

健心さんの目が輝き、こちらを見る。

「お願いしましょうか」

私が微笑むと、従業員はこっくりとうなずいた。

そうして私たちが案内されたのは、なんとホテルの最上階にあるスイートルームだった。

都会ほどではないだろうけど、暗くなったら、普段は見えない夜景が見えそう。

マンションのものよりも広いバスタブがある浴室。豪華なアメニティーが並んでいる洗面台。

そのどれも初体験なので、見るたび驚いてしまう。

しかし一際私をびっくりさせたのは、壁際につけられたベッドだった。

普通のダブルサイズより少し大きいベッドが二台、隙間が空かないようにしっかりとくっつけられている。どう見ても、カップル用だ。

「たしかに大きい……」

「こりゃあいい」

健心さんはベッドの上に寝転がり、思い切り手足を伸ばした。たしかに余裕はある。

私が横にいても、まだ余裕がありそうな様子を見てホッとした。

彼はきっと、たまには両手両足を伸ばして寝たかったのだろう。

いつも悠心君が自由気ままに転がって、気づいたら布団の端っこに追いやられていることもあるものね。

彼が気に入ったなら、無理に二台のベッドを離れさせる必要もない。

私はベッドの脇にあるソファに座り、くてっとしている彼に話しかける。

「あの監視員さん、ちょっと頼りなかったですね」

「俺が飛び込むまで、子供に気づかなかったからな」

さすがの温厚な健心さんも、むくりと起き上がって眉間に皺を寄せた。

女の子のお母さんに対してというより、監視員に対してムッとしているようだった。

プール全体を見ていたから子供に気づきませんでした、じゃ話が通らない。

たまたま見ていた人がいて、健心さんが助けてくれたからよかったけど、そうじゃなかったらどうなっていたことか。考えただけでも恐ろしい。

彼の顔がどんどん曇る。話題を間違えたかな。蒸し返すことなかったかも。

「子供は静かに溺れるから、発見に時間がかかることもあるけどな」

「そうですね」

たしかにさっきの状態じゃ、子供は声をあげることも、もがくこともできない。

なによりパニックで思考停止していたことだろう。

「しかし、人の命を預かる仕事の人間があってはいけない」

彼も国や人の命を守る立場。仕事中は一瞬だって気を抜いてはいけないという覚悟がある。

プールの監視員にそれを求めるのは酷かもしれないけど、やっぱりもう少し危機感を持って仕事をしてもらいたいよね。

「健心さんがいてよかったです」

やはり健心さんは頼りになる。

身体能力だけでなく、咄嗟の判断能力もあるものね。

「俺は亜美がいてよかったよ。お母さんのケアまではできないから」

「いえ、ケアというほどでは」

「またまたご謙遜を」

健心さんはニッと口角をあげた。すっかりお馴染みの笑い皺に、安心させられる。

「やっとふたりきりになれた」

彼はベッドから降りて、私の方に近づいてきた。

大きな背を屈め、その端正な顔が、吐息を感じるくらい近づく。

慌てて目を閉じようとしたとき、ピンポーンと鳴るはずのないインターホンが鳴った。

ぱっと離れた健心さんが、ドアの方へ歩いていく。

誰かと話しているようだったので、高鳴った鼓動を落ち着けようとじっとしていたら、健心さんが戻ってきた。

その手には大きな楕円型のトレーが乗っている。

「さっきの人がくれた。すごいな」

テーブルの上に置かれたそれを見て、私は嘆息した。

銀のトレーの上には、シャインマスカットやチーズ、クラッカー、ナッツなどが乗っていた。

「ワインもくれるって言ったんだが、俺は飲まないんだよな。亜美は飲みたい？」

「いえいえ、ひとりで飲んでもつまらないので」

スクランブルがあるといけないから、普段からお酒は飲まないんだよね。

「冷蔵庫の中身も自由に使ってくれってさ。夕食はレストランのコース料理をおごってくれるらしい」

「ええ」

すごすぎる。いくらお客様の命の恩人とはいえ、そこまで親切にされると裏があるのではないかと疑ってしまう。

「あのヘボ監視員のことを黙っていてほしいんだろうな」

「そう言われたんですか？」

ホテル側の不備を黙っていてほしいという気持ちはわかるけど、あの場には私たち以外の人もいた。私たちだけに口どめしても意味がない気がする。

「いいや、直接言われはしないけど」

「じゃあ、厚意として受け取っておきましょう」

あの女の子の命にもしものことがあったら、ホテルの名前は悪い方で有名になってしまうところだった。

ホテルとしても、健心さんに助けられたということだろう。

「ああ、そうだな。いろいろ考えててもつまらない」

私たちはありがたく、差し入れをいただくことにした。

冷蔵庫の中からノンアルコールカクテルを出してグラスに注ぎ、少しだけ飲酒気分を味わう。

「こうして亜美とのんびりできるだけでも、幸せだ」

健心さんは窓から市街の様子を見る。私も並んで下を見た。

基地の近くにはないビル、複数の沿線が集まる駅なんかがひしめいていた。

大都会東京（とうきょう）には遠く及ばないだろうけど、森と工場と畑くらいしかない自宅近辺と比べると、はるかに華やかだ。

「悠心が大きくなったらどうなるんだろうな。やっぱり都会に出ていってしまうのかな」

「うーん、まだ想像つきませんけど」

悠心君は二歳。運動能力も知的能力も発展途上で、まだなにが向いているのかもわからない年頃だ。

「青木はイケメンだったからな。奥さんも美人だった。きっといい男になるだろうな」

彼は珍しく、自分のスマホを操作し、私に画面を見せた。

そこには若い短髪の男の人と、同じ年頃のきれいな女性が、結婚式の装いで映っていた。

男の人は青木さんだ。以前夢で見たような、空自の儀礼服を着ている。

健心さんほどではないけど背が高く、精悍な顔つきをしている。

女性は奥さんだろう。ガリガリと言っても差し支えないほど細い腕で、色白。

幸せそうに微笑む彼女は、マーメイドラインのウエディングドレスを着ていた。

「きれい……」

悠心君のかわいらしい目と白い肌は、お母さん譲りなのかな。

「奥さん、青木の儀礼服に視線が集中して目立てなかったって、お怒りだったそうだ」

「あはは。でもとっても幸せそう」

この夫婦の幸せが数年後に瓦解すると、このとき誰が想像できただろうか。

「この幸せを俺が壊したんだって思うと、つらかった」

ぽつりと零した声はあまりに低く小さく、危うく聞き逃すところだった。

「俺は……幸せになっていいのかな」

青い空を見上げる彼に、ぎゅっと胸が締めつけられる。

彼は今まで、どれだけの痛みに耐えてきたのだろう。

「当たり前です！」

私は健心さんの大きな手を、両手で包んだ。

「事故はあなたのせいじゃない。青木さんだって、きっとあなたを恨んだりしていない」

「……うん」

「奥さんだって、きっとわかっています」

「そうだな。そう言われたよ。俺のせいじゃないって」

優しくて責任感の強い健心さんのことだ。

奥さんやその家族にいくらなじられようと、直接訪ねて謝りに行ったはずだ。

「健心さんは優しすぎます。そんなに自分を責めないで」

私は彼の手を包む自分の手に、力を込めた。

「現に私は、あなたに助けられました。あなたのおかげです」

「亜美……」

「私はあなたに、たくさん幸せをもらっています。だから」

神様は意地悪だ。

どうしてこんなに優しい人に、罪を背負わせるようなことをしたの。

「誰かが許さないって言っても、私はあなたを幸せにします」

私は彼の目を見て言った。

健心さんのお母さんが心配する気持ちが、よくわかる。

彼は周囲に優しい一方で、自分に厳しすぎるんだ。

仕事と悠心君を育てることに没頭するあまり、自分自身のことを置き去りにしてしまう。

お母さんは健心さんを見守り、無理をしすぎないように歯どめをかけてくれる人が欲しいのだろう。

ならば、私がそれになる。

「……亜美って、ときどき俺より男前なこと言うよな」

寂しげで泣いているように見えた彼が、こっちを見て笑った。

「ありがとう」

彼は私を抱き寄せ、ぎゅっと腕に力を込める。

私もおずおずと伸ばした手を、彼の背中に回した。少しでも彼を温められるように。

すると健心さんの手が私の顎をとらえ、上を向かせた。

自然に瞼が閉じる。視界が暗転する。

数秒後、私の唇に、熱くて柔らかいものが触れた。

私の存在を確かめるように重なった唇は、何度も離れてまた角度を変えて、接触する。

「口開けて」

悠心君が家にいるときには絶対に口にしなかった言葉が、熱い吐息と共にささやきかけられる。

震える唇をなんとか数ミリ開くと、健心さんの舌が侵入してきた。

声を出すことも叶わない。

塞がれた唇は深く重なり合い、舌を絡ませられ、吸いつかれる。

息が苦しくなる。なんとか健心さんにしがみついて立っていると、不意に口元を解放された。

甘い麻薬を体の中に流し込まれたみたい。

思考が麻痺して、彼のこと以外考えられなくなっていく。

健心さんは、荒く息をする私を軽々と横抱きにした。

「ごめん。もう余裕がない」

「健心さん」

「スクランブルがないよう、祈っていてくれ」

広いベッドに私を横たえ、上からキスの雨を降らせる健心さん。

ひとつずつ衣服を脱がされ、そっと素肌に触れられた。

「君は、俺だけのものだ」

彼の皮膚と触れ合った場所から、熱が体中に広がっていく。

キスをしながら敏感な部分に触れられ、思わず声が漏れた。

大きな手の中で、私の胸が形を変える。自分が自分でなくなっていくみたい。

自分でも触れたことのない部分に触れられ、ぎゅっと瞼を閉じて羞恥に耐えた。

じゅうぶん慣らされてから、彼の指と体が離れる。

急に寒くなったような感覚に、強く瞑っていた目を開けた。

健心さんは素早く服を脱ぎ捨てる。彫刻のような裸体から、思わず目を逸らした。

「こっち見ろ、亜美。大丈夫だから」

間近にある彼の瞳に、自分の目が映る。

頬を撫でられ、まだどこかに残っていた緊張や不安が溶けた。

健心さんの体温を感じてホッとした瞬間、とてつもない熱と痛みを感じ、無意識に悲鳴をあげてしまった。

「ゆっくり息をして」

涙で滲んだ視界に、眉根を寄せた彼の顔が映る。

あまりに煽情的なその表情に、脳がくらりと揺れた気がした。

私は彼の熱に溶かされ、波のように揺さぶられる。

スクランブルがないように祈っている余裕は、とてもなかった。


次の日の夕方、私たちは悠心君を迎えに行った。

「あーあみちゃん！」

健心さんの実家の玄関に、悠心君がとてとてと走ってくる。

「ほほう、俺より亜美の方が好きと見える……」

「いじけないの。リフレッシュできた？」

健心さんのお母さんに聞かれ、彼がゲフンゲフンと咳払いをした。頬がほんのり赤くなっている。

「まあ、そう。いいわねえ若いって」

お母さんは健心さんの顔を見て、いろいろと察したらしい。

ニコニコというより、ニヤニヤしている。

私もなんとなく気恥ずかしかったので、駆け寄ってきた悠心君を抱き上げ、外に出た。

昨日のことを思い出すと、顔から火が出そう。

初めて完全なふたりきりになったので、ああいうことになるかもしれないとは思っていたけど、やっぱり恥ずかしい。

「やっぱり三人がいいね」

私たちはお母さんにお礼を言い、マンションに帰った。

「そうだな」

ふたりきりでも楽しかったけど、どこかで悠心君は寂しがっていないかな、とかちゃんと歯を磨いたかな、とかちょくちょく気になってしまった。

大変なことも多いけど、そばにいてくれると安心する。

「しかしたまにはふたりでリフレッシュしたいな、今後も」

「ふふ。お母さんも悠心君とふたりきりになりたい日があるでしょうしね」

お母さんが悠心君を実の孫のように思って接してくれるから、ふたりきりになる時間も作れるのだ。

私は心の中でお母さんに感謝した。

「それだけじゃない。これから俺には試練が待っている」

「はい？」

深刻な顔でため息をついた健心さんが呟く。

「一回覚えてしまったからなあ……もう我慢できないな。子供がいる家族って、そういうときどうしてるのかな」

「そういうときって」

「エッチなことするとき」

彼は車の中で寝てしまった悠心君を布団に寝かせ、こちらを見てニッと微笑む。

私の頬はかあっと熱くなる。

「ああ、元寝室があった。あそこだな」

悠心君を引き取る前に彼が使っていた寝室に、今もベッドが置いてある。

普段は使わないけど、換気と掃除はできているので、いつでもスタンバイオッケー！　って、違う違う。

「というわけで、今から行こう」

「ええっ」

昨日の今日で、また？

戸惑う私の視線に気づいたのか、健心さんは私の目をのぞきこむ。

「嫌か？」

「うっ」

正直なことを言えば、そういう行為にハマってしまうのが怖い。堕落した人間になってしまいそうで。

「嫌では、ないです」

ほら、意思に反して口が彼の誘いに乗ろうとしている。

「恥ずかしいだけ？」

頬に触れてくる健心さんの手の温度に、溶かされそうになる。

「……そんなとろんとした目で見られると、たまらないな」

健心さんは触れるだけのキスをしたと思うと、私を抱き上げた。

私は彼の腕の中で、消えてなくなってしまいたくなる。

まだキスもされてないのに、どういう目で彼を見ていたんだろう。

「私、どんどんいやらしい人になってしまいます」

今まで恋もまともにしたことがなかったのに。

「いいよ、俺の前でだけなら。大歓迎。それに俺も、実はいやらしい人だから」

「私に対してだけですよね？」

「もちろん」

キスをしながら、私たちは寝室へ入った。

ストッパーが外れてしまった健心さんは、いつもとは違う人のよう。

自衛官でもなく、父親でもなく、ただの男性になった彼と接して、私はますます彼に惹かれていく。

このまま、ずっと三人で一緒にいられたら……。

そう願わずにはいられなかった。

向いていなくても

デートから帰った、数日後。

「亜美、ごめん」

私が仕事から帰ってくるなり、部屋の中から現れた健心さんが頭を下げて謝ってきた。

「どうかしたんですか？」

「実は次の月曜から、任務で数日家を空けなきゃならなくなって」

「えっ？」

とりあえずスーパーで買ってきた食材を床に置き、私は健心さんを見上げた。

彼は眉を下げ、心から申し訳なさそうな顔をしている。

「急ですね」

そういうことなら、早く知りたかった。もう四日ほどしかない。

「だよな。ごめん」

「で、どこにどういう任務で、何日行くんですか？」

当たり前のことを質問したつもりの私に、健心さんはぎゅっと口を閉じて応えた。

「あ……ごめんなさい」

自衛官は守秘義務があり、家族にも任務内容や行先を伝えてはいけない。

父の仕事も同じようなことがあったので、いつも母は気を揉んでいた。

「いや、こちらこそすまない。で、どうしようか。悠心は実家に預けて、亜美は一旦アパートに戻るか？」

そう、こうなると悠心君の送迎問題が勃発する。

私の職場が少々離れているせいで、悠心君の送り迎えがどうしても大変になってしまうのだ。

「やだ。あみちゃんといる」

不穏な空気を察したのだろう。

近くで話を聞いていた悠心君が、私の足にしがみついた。

そんなに不安そうな目で見られたら、健心さんの実家に預けっぱなしにするなんて言えない。

「大丈夫だよ。ここにいるから」

「ほんと？」

「うん」

抱っこすると、悠心君は安心したように私にしがみついた。

「いいのか。二週間、それ以上かかるかもしれない」

健心さんは私の体力面と精神面を心配してくれているようだ。

眉間に皺を寄せ、私たちを見下ろす。

「今はお母さんもお元気だし、疲れたときは協力してもらえばいいですよね」

「それはもちろん。疲れる前に協力してもらおう」

私は健心さんや悠心君の力になりたいと思ってここにいる。

「こっちは大丈夫ですから、絶対に無事に帰ってきてくださいね」

にこりと微笑みを作ると、健心さんは大きなため息をついた。

「亜美には頭が上がらないよ」

そう言って、彼は笑った。


月曜の早朝、彼は任務に旅立った。

至急で健心さんの伝手を頼りに借りたレンタカーで通勤することになった私は、慣れない運転で恐る恐る悠心君を保育園に送り、出勤した。

免許はあるけれども、完全なペーパードライバーだし、悠心君の大切な命を預かっているしで、気が気ではない。

ちなみに悠心君が乗るためのチャイルドシートは、健心さんの車から取り外して設置した。

急な災害などによる出動ではなかったから、少しでも準備期間があったのが救いだけど、とにかく慌ただしい週末だった……。自衛官の奥さんって、どれだけ大変なんだろう。

いや、ちゃんと結婚していれば、ややこしいことは減るのかもしれない。

私たちは中途半端な状態だから、余計に面倒なことが増えるのだ。

とにかく安全運転で園に着いた私は、職員駐車場を使うために園長先生に届け出ることにした。その際、私は素直に今の事情を説明した。

職員室の片隅、パーティションを立てた奥の応接エリアで話をする。

独立した部屋ではないので、近くを通った人に聞かれてしまいそうだけど、仕方ない。

「つまり、その彼は婚約者ってことでいいのね？」

園長先生は老眼鏡をずらし、私を見上げる。

「……はい」

俺とバディを組んでくれ、みたいなことは言われたけど、正式にプロポーズされたわけではない。

むしろ健心さんにその気はないんじゃないかと思うと、ふと不安に襲われた。

しかし、この状況では婚約者と説明しておいた方が、話がスムーズにいきそうなので、そうしておいた。

自動車通勤は自宅が園から二キロ離れていないとできない決まりだ。

彼氏の家から通うと言うより、婚約者と言っておいた方が、申請は通りやすいだろう。

「まあ、うちは私立だからいいけど、公立だとそうもいかないわよ」

園長は暗に、中途半端な同棲よりも早く結婚しろと言っているようだった。

そりゃそうだよね。働くには住所を届けたり、いろいろな登録がいるし。

ひとまず臨時措置として自動車通勤を許可してもらい、私はため息をついてパーティションの中から出た。

すると、すぐそこにいた誰かとぶつかりそうになり、咄嗟にかわした。

「あ……おはようございます」

ぶつかりそうになったのは、副園長だった。

「亜美ちゃん、どういうこと。彼氏の元に転がり込んで自動車通勤なんて、園児の親に知られたら示しがつかないよ」

苦々しい顔でいちゃもんをつけられ、私の頭の中にはたくさんのクエスチョンマークが浮かぶ。

どうしてそれが園児の親に関係あるの？

私は複数の男性の家を渡り歩いているわけじゃない。お母さんたちに言えないことはなにもしていない。

「盗み聞きですか」

副園長は、おそらくずっとパーティションの向こうで聞き耳を立てていたのだろう。

自分の実家がやっている園だからって、楽な仕事ばかりして、噂話が大好きで。

そもそも私の中で高い評価ではなかった副園長が、「生理的に受け付けない人」に変わっていく。

「人聞きが悪いな。僕は亜美ちゃんを心配しているんだよ」

ロッカーに荷物を入れ、エプロンをつけて園児の前に出ていく支度をしている間も、副園長は金魚の糞みたいについてきて、あーだこーだと言う。

「彼女に連れ子の面倒を見させて、自分はのんびり出張とか、おかしいよそいつ。連れ子がいる時点でろくでもないのにさ」

私のことを言うのならまだしも、いきなり健心さんのことを悪く言い出したので、さすがの私もムッとした。

勝手に、元奥さんとの間の連れ子がいるとでも思っているのだろう。

離婚する、イコール、人格に問題があるとでも言わん態度だ。

その人にはその人の事情がある。子供を預かる立場で、そんなこともわからないの。

勝手に下世話な想像を膨らませている暇があったら、仕事しなさいよ。

「彼に離婚歴はありません。自衛官なので、出張も命がけなんです。私に子供の世話を押しつけ、遊んでいるわけじゃありません」

言い返し、私は走ってその場から去った。

園庭ではすでに朝の外遊びが始まっている。

「あみせんせい来た！」

「シャボン玉やろー」

私を見つけて駆け寄ってきた子供たちを屈んで抱きしめる。

「うん、やろうやろう！」

この子たちが私に元気をくれる。

不安やモヤモヤを吹き飛ばすように、私は保育に没頭した。

＊＊

いやマジで、このタイミングで派遣とかアリかよ。

やっと亜美と男女の関係になれたと思ったらすぐ、派遣命令が下りた。

俺は今、とある開発途上国にいる。

年中暑い国で、着いてさっそく体調を崩すやつもいたけど、俺は平気だった。

この国でついこの間、大規模な山火事が発生した。

消火には現地に近い他の国の軍隊がやってきた。日本の友好国の軍だ。

手が足りないということで、自衛隊の派遣を要求された。

航空自衛隊は必要物品の輸送などをしていた。家を失った現地の人の救助や、食料や日用品の配給は陸上自衛隊が行っている。

俺の主な仕事は輸送機に関わる空自の現場指揮。前にいた指揮官が怪我で療養することになったので、幹部として急に補充されることになったのだ。

防衛大を出て幹部として入隊したからには、ずっと戦闘機だけに乗っていればいいというわけではない。こうした現場の指揮やデスクワークの経験を積んでいく必要もある。

療養中の元指揮官にいろいろと教えてもらいながら、なんとか毎日を過ごしていた。

「おーい、君たちは元気か？」

宿営地の小さなベッドに横になり、スマホに向かって呟く。

暗闇の中で明るく光る画面には、亜美が悠心を抱いて微笑む画像が映っている。

今、日本は何時頃だろう。

派遣の行先や任務の内容は家族にも話してはいけない決まりなので、なにも言えずに家を出てきてしまった。

今頃亜美たちは、どうしているだろう。

ふたりきりで生活させるには、準備が足りなかった。

独身女性にいきなりワンオペ育児させるなんて、我ながら鬼だと思う。

六年前、亜美はまだ高校生だった。

災害に遭い、父親を亡くした彼女のことは、ずっと気になっていた。

あの災害で大切な人を失ったのは、亜美だけじゃない。

けれど彼女は、初めて自分の手で救助した人だったのだ。

無事でよかったと思ったのも束の間、父親の死に打ちひしがれる姿を見て、胸が張り裂けるように痛かった。

「どうして父を助けてくれなかったんだ」と非難されるのが怖くて、また実際に彼女だけを特別扱いする時間も心の余裕もなくて、あれきりになってしまった。

二年前、ついに同じ基地の所属になった青木に当時のことを相談したら「どうして連絡先聞いてこなかったんだ。真面目かよ」と笑われた。

『笑い事じゃねえよ。あの女の子、今どうしていると思う。つらいことばかりかもしれないじゃないか』

俺はむきになって、青木の胸倉を摑んだ。

両親を亡くした高校生が、どうやって生きているのか。

もしかしたら体を売って、悪い大人の餌食になって、身を持ち崩しているのかもしれない。

そうなっていたら、俺はどう責任をとったらいい。

苦悩する俺に、青木は飄々とした表情のまま、言った。

『じゃあ、お前はその子が父親と一緒に死ねばよかったと思ってるのか?』

『そんなこと……』

彼女につらい思いをさせるために助けたわけじゃない。

だけどあの慟哭を聞いたら、父親と同じ世界に旅立たせてやった方がよかったんじゃないかと思ってしまったのだ。

『俺、自衛隊向いてないのかな』

正直、俺は迷っていた。

ブルーインパルスに憧れて入った世界だが、現実は甘くない。

人命救助と言えば聞こえはいいけど、俺たちはただ助けるだけ。そのあとのことは自分でなんとかしてもらうしかない。

そして戦闘機に乗っているときの自分は、さらに無力だ。

来る日も来る日も訓練、演習、スクランブル待機。

いつ起きるかわからない戦闘に備えているだけで、今現在困っている人たちには、なにもしてあげられない。

そんな仕事に意味はあるのだろうか?

『バーカ。死んだら終わりなの。生きてたらいいこともあるかもしれないじゃないか。その人の道を残しておくこと。俺たちにできるのはそれだけだよ』

青木が呆れ顔で俺を見上げる。

彼は赤ん坊の時に、両親に捨てられた。

児童養護施設で育ち、めちゃくちゃ大変な思いをしながらも、荒んだり曲がったりしないで大人になった。

自力で防衛大に入り、パイロットになり、かわいい彼女もいて、みんなに好かれている。

青木が言うと、どんな言葉にも説得力が生まれる。そんな気がしていた。

『いつかその子に会えたとき、胸を張っていられるよう、お前はお前ができる仕事をしっかりやってりゃいいんだよ』

『そうかな』

『そうだよ。再会したときその子が困ってたら、また手を差し伸べればいいじゃないか』

にいっと笑った青木は、その一年後突然亡くなった。

バカ野郎。俺に言ったじゃないか。死んだら終わりだって。

青木は民間人を巻き込まないように機体を操縦し続け、逃げ遅れたのだ。

フォルダの中の写真を順番に眺めていくと、青木の結婚式の写真が出てきた。

なあ、青木。彼女はちゃんと生きてたよ。

立派な保育士になって、子供を抱いて柔らかく微笑んでいた。

そのときどんなに俺の心が救われたか。お前ならわかってくれるだろう?

亜美を好きになったのはその一瞬がきっかけだった。

彼女自身は、自分を大したことない人間だと卑下しているみたいだけど、俺にとっては、彼女こそ俺の恩人だよ。

亜美と再会したとき、俺は自分の生き方を肯定されたような気になったんだ。

彼女はつらい災害の記憶を抱えたまま、必死に、強く生きてきた。

周りの人に優しくて、楽しいときはよく笑って。

そんな彼女と一緒にいる時間のすべてが温かくて尊い。

悠心のこともかわいくて仕方ないけど、初めての育児に戸惑うことも多い。

俺は悠心をちゃんと育てられるか、自信がなかった。ただ、絶対にやらなければならないという使命感に突き動かされていた。

亜美はそんな俺たちを、優しく自然に見守ってくれる。一緒に歩んでくれる。

彼女の存在が俺の行く末を明るく力強く照らしていることを、彼女自身は知らないだろう。

もう、亜美がいない日常には戻れない。

「あー、早く帰りたい」

画面を青木の結婚式から、亜美と悠心の写真に戻した。

亜美が好きすぎて、つらい。声が聞きたい。抱きしめたい。

今、君はなにをしている?

悠心の自由っぷりに手を焼いているかな。

なかなか俺が帰ってこないから、どこかで死んでないか気を揉んでいるだろう。

どうか、そんなに心配しないで。

俺は青木の分まで、しっかり生きるって決めているから。

なあ、青木。俺は亜美と悠心と、ずっと一緒に生きていくよ。

亜美にとって悠心は実の子じゃないし、俺みたいな職業には不安があるだろうし、乗り越えなきゃならないことはまだまだありそうだけど。

幸せにすると誓う。なんだってする。だから、彼女が逃げていかないように、一緒に祈っていてくれよ。

スマホを置き、瞼を閉じた。

夢の中で、青木が「真面目か」と笑っていたような気がした。

＊＊

一か月後。

「……いやさすがに遅くないですかね」

私はスマホに向かってぼやいた。

健心さんが任務に出て一か月が経った。

一緒に準備したお遊戯会は、もうとっくに終わってしまった。

なのに、健心さんからは連絡のひとつもない。

隣では、悠心君が天使のような顔ですうすうと寝息をたてている。

ワンオペ生活に慣れてしまうくらい、彼は帰ってこない。

この前の土日に応援に来てくれた健心さんのお母さんが「そうそう、自衛隊ってそういうものらしいのよ。海自なんて何か月も船の中とかあるみたい」と言って励ましてくれた。

お母さんは家事をしてくれたり、悠心君を連れ出して私を寝かせてくれたり、懸命にサポートしてくれている。

むしろ健心さんより、彼のお母さんと親密になりつつある私。

今日もメッセージのやりとりしたの、お母さんだけだったなあ……。

布団の中でごろりと体の向きを変える。

暗い部屋の中、スマホの画面だけが眩しかった。

海上自衛隊は想像しやすいのよ。海の上って、スマホの電波がなさそうじゃない。だから連絡が来ないのもなんとなくわかる。

でも彼は航空自衛官。

どこかわからないけど、臨時の基地みたいなのがあって、そこで寝泊まりしているはずだよね。そしてそれって、地上のはずだよね。

もしや、外国にいるからスマホが使えないとか？ でも健心さんのスマホはそういう場合を考え、海外でも対応できるようになっているはず。

家族にも言わないくらいなので、どこの基地のどの隊がどういう活動をしているかは、インターネットで探っても出てこない。

海外の紛争が起きている地域に自衛隊が派遣されたという短い記事を、彼が出ていった次の日に見つけたけど、これが健心さんかどうかもわからない。

お願いだから、生きているのかどうかだけでも、連絡してほしい……。

毎日とは言わない。三日に一度でいい。

それすらできない状況なのだろうか。

考えれば考えるほど、不安になる。

不意にお父さんがいなくなってしまった日のことを思い出し、ぶるりと体が震えた。

「やだ……」

このまま健心さんが帰ってこなかったらどうしよう。

お父さんのように……。

以前見た怖い夢を思い出したら、眠れなくなってしまった。

夢を見ることにすら、怯えている。

私はそっと寝床を抜け出し、キッチンへ水を飲みにいった。

灯りをつけ、ぼんやりと誰もいないリビングのソファに座って、ちびちび水を飲んでいると、小さな足音が聞こえた。

「あみちゃん……」

「あっ悠心君。ごめんね、起こしちゃった？」

悠心君は眠そうな目で、こちらに寄ってきた。

よじよじとソファにのぼり、私の横に立つ。

「あみちゃん、いーこいーこ。ゆうくんがいるから、だいじょぶよ」

小さな手が、私の頭を撫でた。

「悠心君……」

暗い中で、悠心君の色白の顔がにへっと笑った。

彼は小さいなりに、私の不安を感じ取ったのだろう。

自分も健心さんがいなくて寂しいだろうに、私のことを気遣ってくれる。

「優しいね。ありがとう。大好きだよ」

「ゆうくんも、あみちゃんだいすきよ」

たまらずに抱きしめると、悠心君は私にしがみついてきた。

なにをやってるの、私。

こんなに小さい子に気を遣わせるなんて。

「寝よっか。パパもきっと、ぐーぐー寝てるね」

「うん」

よほど眠かったのだろう。悠心君は寝室に行くまでの短い距離ももたず、抱き上げた私の腕の中で再び眠ってしまった。

布団の中で悠心君のすべすべおでこを撫でると、心が落ち着いてくる。

悠心君のお世話をするつもりだったのに、私が悠心君に支えられている。健心さんともそうだ。私たちは、誰が欠けてもいけないんだ。

私はごろんと横になり、目を閉じた。

もっと、強くなりたい。みんなを支えられるように。

「ん～……おにぎりいっこ、く～だしゃ～い……」

突然悠心君がはっきりした寝言を発したので、目が覚めてしまった。

私は声を殺して笑う。

帰ってきたら、みんなでおいしいものを食べに行こう。

そして、私と悠心君を飽きるほど抱きしめてもらわなきゃ。

笑いが収まると、自然に襲ってきた眠気が、意識をさらっていった。


「おー、ここが秋月家か。いいところじゃん」

休日に遊びにきた萌が、リビングから遠くに見える海を見て目を細めた。

「ねえ、あそぶ？　ゆうくんのあんまんまんまん、みる？」

一見普通の若くてかわいいお姉ちゃんである萌に、悠心君が照れながらも近寄っていく。

「このお姉ちゃん、飛行機めっちゃ詳しいよ」

「なんなら戦車も軍艦も好きだよー」

「ひょー！」

悠心君は、今まで健心さんのお母さんも私も食いつかなかった飛行機や戦車のおもちゃを持ってきて、興奮気味に萌に見せた。

「なにこれ非売品？　自衛隊限定？　秋月一尉に頼んだらもらえる？」

見たことのない塗装をされた戦闘機らしきおもちゃに、萌が食いつく。

「知らないよ……」

呆気にとられる私を尻目に、ふたりは親交を深めていく。

「あんねえ、これはねえ、ぱぱのおともだちがくれたの」

「そうなんだ。今度、お姉ちゃんの分ももらっといてね」

「いーよ」

幼児にたかる大人と、適当な返事でやり過ごす幼児。

萌も本気ではないのがわかるので、なんだか笑える。

こども園でも延々電車や働く車や虫などの図鑑を見ている子や、その話しかしない子もいるが、私はそれらに興味を持てない。

もちろん個人的な興味とは別に、ちゃんと相手はするけども。

おままごとなら永遠にできる。けど、虫を持ってこられると正直逃げたくなる。

保育士である萌は、悠心君とうまいこと遊んでくれた。

私とは逆で、男の子と遊ぶ方が得意みたい。

悠心君ははしゃぎ、ひとしきり遊ぶと、勝手にころんと隅っこに横になり、寝てしまった。

「かわいい子だね。癇癪起こさないし、勝手に寝るし、楽」

「そうだね」

「ま、どんなに育てやすい子でも、四六時中一緒は大変だわな」

悠心君にタオルケットをかけ、萌は椅子に座った。

お土産に持ってきてくれたシュークリームとコーヒーで、私たちも休憩だ。

私は萌に、出張から一か月経っても健心さんから連絡がないことを相談した。

「そういうもんだよ、自衛官って」

萌からは健心さんのお母さんとほぼ同じ感想が返ってきた。

シュークリームを豪快に手で持ってかぶりついたので、口の端にカスタードクリームがついている。

「そうなの？　休憩とかないの？」

「そりゃあ交代で休憩はしてるでしょ。でも、スマホで連絡し合ってて、どこかの国に盗聴されたらどうなると思う？」

どうって……。

私はよく考えてみる。

「もし敵対している国に盗聴されたら、大変。いつどこにいるかわかったら、襲撃を受けたりするかも」

「そういうこと。紛争地域に行ってるかどうかは知らないけどね」

災害派遣や難民救助もしなくちゃならない自衛官が、今なにをしているのか知るのは至難の業だ。

「単なる災害派遣でも、どこの基地が手薄になっているとか、外国に知られない方がいいでしょ」

「たしかに」

健心さんがいないということは、彼が勤める基地のパイロットがひとり少なくなっているということだ。

しかも、ひとりきりで行くわけがない。部隊を作るはず。

私が遭った豪雨災害でも、たくさんの自衛官が来てくれた。その分、その自衛官の地元は手薄になる。

「今スクランブルが起きても、誰も飛べないってこと？」

「さすがに基地が空になっているってことはないでしょ。しかも空自の海外派遣はほとんど輸送の任務が多いんだって。秋月一尉は幹部だから、戦闘機パイロットというよりは現場指揮官として呼ばれている可能性もあるね」

ということは、必ずしも近くの基地が手薄になっているわけでもないのか。

戦闘機はそもそも自国を守るためのもの。それをこっそり派遣させるわけないよね。

「萌は詳しいね。私も少しは自衛隊の勉強しなきゃ……」

「基地の情報を手に入れたいなら官舎に住めば？　同じ境遇の奥さんばかりだろうし、誰がどれくらい派遣されているかくらいはわかるかもしれないよ」

官舎って、一般企業でいう社宅みたいなものだっけ。

それもいいけど、人間関係大変そう……。

ため息を吐くと、萌が指でテーブルを叩いた。

「食べな。せっかく買ってきたんだから。亜美、ちょっと痩せたよ」

「あ、ありがとう」

話に夢中になっていて、シュークリームの存在を忘れていた。

萌と同じように手で持って食べる。

シュー生地の食感と、とろりとしたクリームの甘みが疲れを癒してくれた。

「ふふ。おいしい」

友達っていいな。シュークリームを手で食べてもなんとも思われないし、一緒に食べるだけでなんでも普段よりおいしく感じる。

「そのうち無事に帰ってくるよ」

萌は澄まし顔でコーヒーを飲む。

私を励ましてくれているのだろう。

彼女が自分を理解してくれているとうれしく思う反面、泣きたいような気分にもなる。

「私、自衛官の奥さんに向いてないかも……」

誰にも言えなかったことを、ぽつりと呟いた。

健心さんのお母さんはとてもよくしてくれるし、副園長も正式に結婚さえすれば、なにも言わなくなるだろう。

でも、ずっと頭の片隅にはあった。

健心さんがこうして出かけるたび、私はお父さんのことを思い出して情緒不安定になってしまう。

悠心君の前では明るく強くいなければと思うし、悠心君に助けられたり癒されることはある。

ただどんなに落ち着いても、一時笑っても、不安が消えてなくなることはない。

「亜美は昔から言ってたね。命の危険がある職業の人とは付き合わないって」

ミリオタしているときとは別人のように落ち着いた表情で、萌はカップを置いた。

そうだった。お父さんみたいな職業の人とは付き合わないと思っていたから、健心さんと再会したばかりの頃は警戒していたはずだ。

だけど一緒にいるうちに、そんなことは忘れていた。

「再会したとき……あの航空祭のときね、気をつけようって思ったの。好きになっちゃいけない人だって」

六年ぶりに再会した命の恩人は、想像していたよりずっと素敵な人だった。

私が知らないところで青木さんを亡くし、傷ついても、太陽のような温かさで私を包んでくれる。

「そうやって警戒していたってことは、最初から好きになりそうだって直感してたんだね、きっと」

「だから言ったじゃん。亜美は秋月一尉のことバリバリ意識してたもん。絶対に好きになるなって思ってたよ」

そういえば、前に飲み屋でそんな話をしたような気がする。

「うん……そうなっちゃった。どうしよう」

手を繋いで、キスをして、ベッドで抱き合って。

もう引き返し方がわからない。

健心さんのことが好きすぎてつらい。

もし彼が殉職するようなことがあれば、私は生きていけなくなりそう。

「どうしようもこうしようもない。亜美は亜美でいろ。それだけ」

「萌……」

「亜美のお母さんはどうだった?」

萌に見つめられ、昔のことを思い出した。

私のお母さんはお父さんのことが大好きだった。

お父さんがパンツ一丁で家の中をうろついていれば文句も言ったし、くだらないことでケンカもしていたけど、基本は好きだった。

日勤の日は毎日欠かさずお弁当を作ってあげてたし、なにより私にお父さんの悪口を言ったことはない。

まだ私が小学校一年生だったとき、家族で遊園地に出かける予定があった日に、お父さんが仕事で呼び出されたことがある。

私はショックで、泣いて泣いて、お父さんに『もう帰ってこなくていい！　お父さんなんて死んじゃえ！』と言った。

そのときお母さんは初めて、私の顔をはたいた。

『謝りなさい！』

肩を震わせ、真っ赤な顔で怒鳴るお母さんは、鬼そのもの。

余計に大声で泣き叫ぶ私を、オロオロしたお父さんが『ごめんなあ』と抱き上げてくれる。お父さんは私のひどい言葉に、ちっとも怒っていなかった。

お父さんがいなくなった玄関にうずくまって泣いている私に、お母さんは一言も声をかけなかった。

当時はなんて薄情なんだと思ったけど、今ならお母さんの気持ちがわかる。

お母さんだって、喜んでお父さんを送り出していたわけではない。

いつもいつも心配で仕方なかったんだ。

だけど、お父さんが安心して暮らせるよう、笑顔を絶やさない人だった。

幸い、お父さんは夜中に無事に帰ってきた。その顔は煤で黒く汚れていた。

玄関にうずくまっていた私はお父さんに促され、一緒にお風呂に入り、こっそりもらったコンビニのおにぎりを食べ、母とは顔を合わせずに寝た。

不意にトイレに行きたくなってそろりと起きると、両親の声が居間の方から聞こえた。

『おい、亜美を許してやってくれよ』

『だってあの子は、私の大事なパパに、死ねって言ったのよ』

『子供が勢いで言っちゃっただけだよ。本気じゃない。友達に言っちゃだめだけど、俺はいいよ』

『よくない。私は本当に悲しかったんだから』

それ以上聞いてはいけない気がして、トイレから忍び足で部屋に戻った。

翌朝、重い気分で起きて学校の支度をし、台所へ行くと、お母さんは別人のように笑っていた。

『お腹空いてるでしょ。きちんと食べなさい』

いつもの朝の光景。

お母さんは自分も不安でありながら、家族のために毎日この光景を守っていたのだと思ったら、泣けてきた。

『昨日はごめんね』

謝ると、お母さんは笑って言う。

『今度誰かに死ねって言ったら、許さないからね』

叩いてごめんねとは言わない。強情な人だった。

私はお母さんのおかげで、お父さんを嫌いにならずに済んだ。


「強い人だった」

ぽつりと言うと、萌は微笑む。

「どんなふうに？」

「子供に愚痴を言わなかった」

「それはすごい」

自分の不安を零せば、私も不安がると思っていたのだろう。

黙っているって、一見易しそうだけど、実はそうではない。

「なにより、お父さんといるときは幸せそうだった。楽しそうだった。お父さんも明るいお母さんのこと、大好きだったんだ」

「うん」

「だからお母さんが病気になったときは、別人のように萎れてた」

結局、散々心配されたお父さんではなく、お母さんが先に亡くなってしまった。乳がんだった。

「自衛官も消防士も、主婦も、みんな明日はどうなるかわからないのよ」

喉を潤すようにコーヒーを一口飲み、萌がこちらを向いた。

「先のことを心配するより、亜美が健康で、心も元気で、秋月一尉を全力で愛すること。それが今やるべきことのすべてよ」

まるで涅槃の境地に達した人のように澄まして言うから、笑ってしまった。

「こら、笑うな」

「ごめん。いやでも、それが真理だね」

こんなに弱い私は、お母さんみたいになれるかな。

ああ、もう一度会っていろんな話ができたらなあ……。

気づいたら、涙が頬に一筋、つたっていた。

「泣き虫」

萌がハンカチを差し出してくれた。

そのとき。

がちゃりと玄関のドアが開く音がした。

まさか。

勢いよく立ち上がった私と萌。

物音にびっくりしたのか、悠心君まで起き上がった。

「ぱぱっ？」

寝起きとは思えない身軽さで、悠心君が玄関に向かっていく。

あとを追った私たちは、廊下でフリーズしてしまった。

「ただいま、悠心！」

「ぱぱあ！」

とてとて走っていった悠心君を抱きとめたのは、健心さんだった。

一か月前、バタバタで出発していったときより、髪が少し伸びて耳にかかっている。

「亜美、ただいま。友達？　はじめまして」

全然一か月ぶりじゃないような、のんきな口調。

「はじめまして、お邪魔しています……」

萌がよそいきの笑顔で挨拶をしている間に、体が勝手に動いていた。

廊下を走った私は、久しぶりの健心さんに思い切り抱きついた。

「おかえりなさい！」

幻じゃない。本物だ。

健心さんが、生きて戻ってきてくれた。

「……ただいま」

彼は右手で私を、左手で悠心君を抱きしめた。

うれしいのに、涙が出てきた。

一か月も離れていたのだ。しかも遠距離恋愛とも違い、こんなに文明が発達しているのに、顔も見られなかったし、声も聴けなかった。さらにメッセージすらなくて、彼という存在が果たして地球上にあるのかさえ、わからなくなってしまった。

「よかったぁ。無事だったぁ……」

安堵したら、ぽろぽろと涙が零れた。

私は大丈夫だと自分に言い聞かせる一方で、彼がどこかで倒れていたらどうしようと、絶えず心配していたのだ。

ずっと一緒にいられると思っていた人を続けて亡くした私は、すっかり臆病になっていた。

「あみちゃん、いーこいーこ」

健心さんの左腕にいる悠心君が、頭を撫でてくれる。

「もう！　まったく連絡できないならできないって、最初に言っておいてくれないと！」

涙を拭いて見上げると、健心さんは困ったような顔をしていた。

「言ってなかったか？」

「聞いてません！」

大きな声で否定した私の後ろから、笑い声が漏れた。

「ごめんごめん。夫婦漫才みたいだったから」

萌が私たちを見て、クスクス笑っていた。

健心さんに抱きついたままだったことを思い出し、慌てて離れる。

「あっ、すみませんこんなところでお客さんを放ってわちゃわちゃして。亜美、俺のことはいいからお友達のおもてなしを」

「だったら帰ってくる前くらいは連絡くださいよ！　基地からここに戻るまで、時間があったでしょう？」

嚙みつくように言うと、健心さんがきれいな二重の目を見開いた。

「そうだった！　ごめん、亜美たちの顔を早く見たくて」

へらっと彫刻のように整った顔を崩して笑う健心さん。

私の大好きな笑い皺が頰の上に刻まれる。

そんなかわいい顔で笑われたら、もう怒れないじゃない。

「なんだあ、ラブラブじゃない。よかったね」

萌がジトッと私をにらむ。

「秋月一尉、自分は亜美と古い付き合いであります。彼女はとっても臆病で弱虫で泣き虫であります」

「も、萌」

「だから、一緒にいられるときは、たーっぷり愛してやってくださいであります」

真面目な顔で敬礼した萌に、キョトンとした顔で聞いていた健心さんも敬礼を返した。

「もちろんであります」

そう返した彼は、にっこりと微笑んでいた。

萌は豪快に歯を見せてにいっと笑う。

「ちなみに、自衛官合コンはまだでありますか、一尉」

「あっ。あなたがミリオタの……いえ、すみません。近いうちに必ずセッティングします」

「よろしくお願いしますね」

健心さんは悠心君を降ろし、弱ったように頭を掻いた。

萌はリビングに戻り、自分のバッグを持って戻ってきた。

「帰るね、亜美。家族団欒の邪魔をしちゃ悪いから」

「えっ、嘘。ちょっと待って」

時計を見ると、まだ三時。夕方と言うには少し早く、お昼と言うには遅い。

健心さんの荷物を整理して洗濯機さえ回せば特にやらなければいけないこともなし、もっとゆっくりしていってほしいのに。

「俺は勝手に休んでますから、ゆっくりしていってください。亜美も喜びますし」

「そうだよ。帰ることないよ」

引き留める私に、萌はずいと手のひらを出した。

「一か月ぶりに帰ってきた旦那を労ってあげな。私はまた、いつでも来るから」

フッと笑い、踵を返す萌。格好つけてるのかな。

「じゃあ、送っていきますよ」

健心さんが車のキーを持って言うので、悠心君が反応した。

「おでかけ？」

「うん、そうだな」

「じゃあついでに食料品の買い物に行かないと。冷蔵庫の中、なにもないかも」

とにかくここは交通の便がよくない。車がないと生きていけない。

ここでお客さんを放り出すわけにはいかないと、慌てて外出の用意をしだした私たちを見て、萌がまた笑った。

「あんたたち、お似合いだわ」

「ええ？　今のやりとりでどうしてそう思ったの？」

「なーんも。じゃあ待ってるね」

超高速でシャワーを浴びて着替えた健心さんと、おむつを替えてお出かけセットを準備した私と悠心君は、萌を車に乗せて駅まで送っていった。

駅前まで行ったついでに食料品の買い出しをして、私たちはマンションに戻ってきた。

私はみんなのために夕食を作り、健心さんは悠心君と遊び、お風呂に入った。

悠心君が寝て、すっかり静かになったリビングで、大人ふたりは寛いでいた。

「帰ってきても、どこでなにをしていたか言えないいんですね」

「ああ、申し訳ない」

苦笑する健心さんは、情報共有できない私の不満をあまり感じていないようだった。

お母さんと一緒で、自衛隊と長く付き合っていると「そんなもん」だと思うのだろう。

「隠れて浮気しても、全然わからないですね」

「任務だから」と言って出ていけば、どこでなにをしていたか、追及されなくて済む。

パートナーは、自衛官彼氏や旦那さんが、浮気相手と二泊三日の旅行をしてても、わからないわけだ。例えばの話だけど。

「官舎に住んでたらそうはいかないだろうけど」

ひとりだけで任務に行くことはないから、奥さんに他の自衛官がいつも通り出勤する姿を見られたら、なんとなくバレてしまうだろう。

「官舎は結婚していないと入れないんでしょう？」

健心さんと悠心君だけで官舎に戻ることは可能だろうけど、私は他人。

官舎で同居できるのは正式な奥さんだけで、同棲はできない。

「そうだな。じゃあ、いっそ、結婚しようか」

心配しているのは私だけで、本人はのほほんとしている。

軽いトーンで言われ、私はむうっと頬を膨らませた。

「そういうのは、本気のときに言ってください」

「冗談のつもりはない。俺は亜美と結婚したいなって、思ってる」

じっと見つめられ、頬が熱くなった。

この人、無自覚だからずるい。

その顔で見つめられたら、こっちはなにも言えなくなってしまうのに。

「でも亜美は、お父さんのことがあるから怖いんだろう？」

逸らしていた顔を、思わず彼の方に向けてしまった。

「それは……」

「責めてるんじゃない。自然なことだ。だから俺がこういう仕事だっていうことに、時間をかけて慣れてもらうしかない」

フッと息を吐いた健心さんは、こちらに労るようなまなざしを向ける。

「今回の任務みたいなことはしょっちゅうあることじゃないけど、海外情勢にもよるから、なんとも言えない。転勤もあるし」

「ブルーインパルスに任命されることも？」

「はは。ないとは言い切れないな。俺は腕のいいパイロットだから」

短く笑った彼は、ふっと遠くを見る。

「亜美と離れている間、ひとりになるとずっと考えてた。ここで俺が死んだら、亜美はどうなるのかなって」

「え……」

「結婚をしていれば、妻に真っ先に訃報が届く。殉職した自衛官の妻には、手厚い保証がある。でも、今の亜美にはなにもしてあげられない」

瞼を閉じた彼がなにを思い描いているのかはわからなかった。

ただ、一直線の眉毛が下がっているのが切ない。

「あと、もっと一緒にいたいなって。キスしたい、セックスしたいってずっと考えてた」

「へ!?」

いきなり話題が百八十度変わったので、ついていけなかった私は奇声で答えてしまった。

「生存本能がそうさせるんだろうな」

「さ、さあ……どうなんですかね」

ひとりで腕を組んでうなずく彼から離れようと腰を浮かせる。ちょうど飲んでいたお茶がなくなったところだ。

しかし、コップを持とうとした私の腰に、彼の長い腕が巻き付き、動きを封じられてしまった。

「一か月ぶりなんだ。我慢できるわけないだろう?」

健心さんの高い鼻が、おへその辺りをくすぐる。

「ちょ、ちょっと」

「嫌になったら、いつでも言ってくれ」

ぐいと腕を引っ張られ、彼の膝の上にのせられる。

逃げられないように背中と後頭部に手を伸ばした彼は、私に情熱的なキスをした。

嫌だなんて、言えるわけない。

服の中に手を入れてきた彼は、必死で誰かのぬくもりを得ようとしているように思えた。

生存本能っていうのは、あながち間違っていないかもしれない。

誰かのぬくもりを感じることで、自分が生きていることを証明したいのかな。

健心さんの広い背中を抱きしめ返し、必死で激しいキスに応える。

麻痺していく思考の片隅に、さっきの健心さんの言葉がぼんやりと浮かんでいた。

「嫌だったら」じゃなくて、「嫌になったら」?

それって、抱き合うことじゃなくて、一緒にいること自体が嫌になったらってこと?

やっぱり自衛官とは付き合えないって、私が音を上げると思っているの?

そんなことないよ。不安なことはたくさんあるけど、一緒にいるときはあなたを全力で愛するって決めたんだもの。

私たちは初めて、ベッド以外のところで愛し合った。

悠心君が起きてくるかも、なんて心配を忘れるほど、私は彼に没頭していた。

泥だらけの王子様

私はいまだにカフェオレとミルクティーが飲めない。お風呂やプールは大丈夫なのに、茶褐色の液体は体が拒否する。

コップの中の濁った液体を見ただけで、あの日のことを思い出すから。

『亜美ちゃん、お父さんが――!』

気づくと、私は段ボールを一枚敷いただけの硬い床の上に膝を抱えて座っていた。

顔を上げると、そこは自分が通った小学校の体育館だということがわかる。

さして大きくない体育館が、人でごった返している。

座っている人も立っている人も、みんな一様に疲れた顔をしていた。

ああ……私もここへ来て、どれくらいの時間が経ったのだろう。

救助してくれた自衛官の顔を思い出そうとしても、できない。

だいぶ若かったような気がするけど、それも定かではない。

自宅が氾濫した川に飲み込まれたショックで、なにも考えられなくなっていた。

『亜美ちゃん!』

息を切らして走ってきたのは、近所のおじさんだ。

彼は川が氾濫した当日、私が家に残っていることを知らなかった。

おじさんは救助されてきた私を自分の家族と同じスペースに座らせ、食料を分けてくれ、いろいろと声をかけてくれていた。

『消防隊が土砂に呑まれたらしい。今、自衛隊が救助に向かっている』

私はぽかんとおじさんの顔を見上げた。

それって、お父さんが生き埋めになったってこと？

『そんな』

一拍遅れて、背筋を冷たいものが走った。

『続報を待ちましょう。きっと大丈夫よ』

隣に座っていたおじさんの奥さんが、私の肩をさすってくれる。その手が小刻みに震えていた。

私は恐怖で目を閉じる。すると、誰かの声が聞こえた。

『お嬢さん、どうか気をたしかに』

ハッと目を開ける。そこは、急遽建てられたプレハブ小屋だった。

床には仕切りもベッドも布団もない。ブルーシートの上に、元人間だった者たちがずらりと並ぶ。

この世のものとは思えない光景に、気を失いかけた。

声をかけてくれたのは、迷彩服の自衛官だ。

彼に付き添われ、私はフラフラとオレンジの消防隊の救助服を探す。

ある一帯にその服の人は固まっていた。

足をとめた私は、「ああ」と息なのか声なのか区別がつかないものを漏らし、脱力してしまった。

目を閉じたお父さんが、そこに横たわっていた。

『お父さん……』

私が転倒しないよう、自衛官が手を貸してくれた。

ぺたりとそこに座り込んだ私は、やっとお父さんが死んだということを実感した。

『お父さぁぁぁぁん……』

お父さんはどんなに怖かっただろう。苦しかっただろう。

その苦痛を感じさせない穏やかな顔でいてくれたことが、たったひとつの救いだった。

小屋のあちこちから響くすすり泣きや慟哭。

私も遠慮なく、その場で泣き崩れた。

お父さん、お母さん。

どうして私をこの世にひとり置き去りにして逝ってしまったの。

もう生きていけない。生きていけないよ。


「……ぅああっ」

自分の声に驚いて目を開ける。

荒い息を吐き、呼吸を整えた。

右隣を見ると、悠心君が大の字になって熟睡していた。

その向こうには健心さんが同じ姿勢で寝ている。

よかった。ふたりとも起こさなくて済んだみたい。

首筋を汗が流れ落ちる。同じく汗が滴る額を手で拭い、のっそりと寝床から抜け出した。

「ふう……」

水を一杯飲み、汗を拭きとると、だいぶ気持ちが落ち着いた。

いったい何度、あの悪夢にうなされればいいいんだろう。

お父さんが亡くなったあと、何度となくあの地獄のような光景を夢に見た。

最近は見なくなっていたのに、今さらどうして。

「なんて、考えても仕方ないよね」

夢に意味を求めたって意味がない。

私は一度目を閉じ、開けた。すると、すぐそばに黒い影がぬうっと近づき、心臓が止まりそうになった。

「大丈夫か？」

「あ、健心さん……」

灯りをつけないままだったので、暗闇に立つ健心さんが一瞬なにかわからなかった。

ホッと胸を撫でおろす。

暗闇に慣れた目に、心配そうに私を見下ろす健心さんが映った。

「すみません。怖い夢を見たと思うんですけど、内容は忘れちゃいました」

「なんだそれ。幼児か」

本当はくっきりはっきり覚えているけど、寝る前に話すにはあまりに重すぎる。

「よしよし。怖かったな」

彼は私を厚い胸板に引き寄せ、優しく髪を撫でた。

たったそれだけで、私はこの世にひとりきりではないと思える。

私は彼の腕の中にいるときだけ、心から安心できるようになっていた。


健心さんが帰ってから二週間後。

私は思い切って、アパートを月末で解約し、完全に秋月家に居を移すことにした。

正式にプロポーズされたわけではないけど、精神的にはもう家族みたいなものだから。


「内縁の妻ってやつか……」

健心さんから言われたわけではないけど、実質そういうことになるのだろう。

最後にアパートの掃除に来た私は、ふうと息を吐いた。

今日は日曜だが健心さんは当番。悠心君は健心さんの実家に預けている。

ひとりでは大変だろうと、萌が手伝いに来てくれた。

大きな家具はリサイクル業者に取りにきてもらい、全部なくなった。

「もう引き返せないね」

萌がニンマリ笑う。

ちなみに一週間前、健心さん主催の自衛官合コンが開かれた。

そこである自衛官と連絡先を交換し、ご満悦の彼女である。

私は細々したものを入れた段ボール箱を見て、「あっ」と声をあげた。

「どうしたの？」

「おばさんに住所が変わったことを言っておかなきゃ」

両親を失った今、おばさんが唯一連絡を取っている親戚だ。

他の親戚は父の葬式には参列したが、私の身柄を押しつけられるのを恐れ、遺産が自分たちの元には入ってこないとわかると、さっさと逃げ帰っていった。

父はもしものときのために、ちゃんと遺言書を残していたのだ。

どろどろの家を掃除したときに、クッキー缶に入っていて無事だったそれを見つけた。遺産はすべて私に譲ると書いてあった。死亡退職金や賞恤金も、受取人は全額私に指定されていた。

もちろん、おばさんには独り立ちするときにいくらかお礼を渡した。いらないと言われたけど、両親なら絶対にお礼をすると思ったから、強引に渡してきた。

そのあとは遺産や賞恤金のおかげで短大に通い、ひとり暮らしができていたのだ。

「ちょっと電話してきていい？」

「いいよ。私はコンビニに行ってくる。お弁当買ってくるけど、なにがいい？」

「んー、天ぷらかかき揚げが乗ってるうどん」

「おっけー」

朝から来てくれた萌は、お腹が空いているのだろう。

財布を持ち、歩いて五分のコンビニへ、意気揚々と歩いていった。

その姿をベランダから見つつ、おばさんに電話をかける。

『もしもーし』

ついこの前も聞いたおばさんの声。忙しくはなさそうだ。

「おばさん、今大丈夫？」

私はアパートから引っ越すことを伝えた。

『どうしたの、いきなり。アパートに変な人でもいるの？』

おばさんは今勤めているこども園に就職するとき、一緒にこの物件を探してくれた。

だから、責任を感じるのかもしれない。

「ううん。そういうわけじゃないよ」

ここは女性専用だし、治安もいい地域だ。健心さんと再会する前から、別に不都合はなかった。

「今、真剣にお付き合いしている人がいるの。その人のところに住むことになって」

『はあ!?』

おばさんの高い声に耳をつんざかれ、キーンと耳鳴りがした。

『大丈夫なんでしょうね？　結婚まで待った方がいいんじゃない？』

不信感が声からも表れている。

そうだよね、普通はそう思うよね。

「うん、大丈夫。とってもいい人だよ。亡くなった親友の子供を引き取って育ててるの」

『こ、子連れ？　ちょっと待って。おばさん、倒れそう』

話が急すぎたか。

おばさんは決断力や行動力があり、若者文化にも柔軟に対応する人物だ。

だけど、常識的なところはどこまでも常識的である。

「あー、じゃあ今度手紙書くね。住所だけ教えるから、メモしてくれる？」

恩知らずだとは思うけど、このままだとお説教が始まり、それが二時間続くパターンだ。

従妹が彼氏と無断外泊したときに、おばさんが寝ずに何百回と電話をしていた光景が脳裏によみがえる。もちろん従妹が帰宅してから二時間お説教だった。

『ちょっと待ちなさい。その相手は近くにいる？』

このまま電話を切ったら許さないという圧力をひしひし感じる。

「ううん。今仕事中。当番なの」

『日曜も仕事？　いったいなにをしている人なのよ』

土日休みの人が多い中、日曜も仕事というと、接客業か医療関係か介護関係か……

おばさんの頭の中では想像が膨らみ続けているだろう。

「……自衛官」

おばさんの声が途絶えた。代わりに、息を呑む音が聞こえた。

「一等空尉。二十九歳。で、パイロット」

『パイロット？　って、なんの？』

なんのって……。あ、そっか。輸送機とか、救難ヘリとか、いろいろあるものね。

「戦闘機だけど」

『戦闘機！』

悲鳴のような声をあげ、おばさんは「ああ」と嘆いた。

私、なにか言っちゃいけないことを言っただろうか。

『どうしてよりによって、そんな人を選んだの』

「そんな人って。その人、あの災害のときに私を救助してくれたんだよ。だから私を覚えていてくれた。こっちの基地の航空祭で、再会したの」

『なんてことなの』

目の前でなにかがガラガラと崩れていくような気がする。

萌は、「ドラマチックだ、これは運命だ」と喜んでくれた。

おばさんもそう言ってくれるんじゃないかという期待は、あっさり裏切られる。

『あなた、お父さんがどうして亡くなったか忘れたの。自衛隊の救出活動がもっと早かったら、お父さんは助かったのよ』

あの日の光景が浮かぶ。私はそのビジョンを振り切るように首を振った。

「自衛隊のせいじゃない。あれは災害のせいでしょ」

自衛隊は、各地の基地から応援を送ってくれ、救助活動や復興活動に尽力してくれた。

そもそも彼らがいなかったら、お父さんはあと何日冷たい土砂の中で埋まっていたか、わからない。

「自衛隊が私を助けてくれた。他にも自衛隊のおかげで助かった人がいたよ」

なくなったものを数えてもしょうがない。彼らが救って残してくれたものだって、たしかにあるのだ。

『それにしたって、どうしてよりによって子連れの自衛官……』

「苦労するのは覚悟の上だよ」

いつか悠心君が自分の出自の秘密を知ったとき、私は赤の他人だ。

今はなついてくれるけど、これが一生続くかどうかはわからない。

『私は亜美には幸せになってほしいの。その人がもし殉職したら、あなたはその血も繋がっていない子を、育てていけるの？』

それは、もう何度も考えたことだ。

しかしいくら考えようとそれは想像でしかない。

「それはその時にならないとわからないよ」

『そのときになってからじゃ遅いのよ。私は常に、姉さんにあなたのことを頼まれてた。姉さんががんの告知を受けたとき、お義兄さんになにかあったら、亜美を助けてやってくれって』

「お母さんが……」

お母さんは、自分が死んだあとにお父さんもいなくなったら、と考えておばさんに私の身の振り方をお願いしていたのだ。

『亜美は私の姪だし、生まれたときから仲良くしてたでしょ。だから迷いなく引き受けた。あなたは同じことを、他人の子にできるの？　そんな責任を負える？』

私はグッと拳を握りしめた。

「もうやめて！」

両親の悲劇を目の前で見たからこそ、忠告をしてくれているのだということはわかる。

でも、大好きなおばさんには祝福してほしかった。

私が好きになった人を、認めてほしかった。

わがままだってわかってる。おばさんが意地悪で言っているのではないことも。

「それでも、私は別れないから！」

言い捨て、通話を切り、スマホの電源を落とした。

ベランダの柵に摑まり、その場に座る。

前に見た夢が、勝手に思い出される。

『どうして自衛官なんかと結婚したの！』

夢の終わりに叫んだ、あれは、きっとおばさんだ。

身内が早くに亡くなるつらさを知っているのに、どうしてわざわざ危険な職業の人をパートナーにするのか。

私だって、避けたいと思っていた。あんなに悲しい思いは、もう二度としたくなかった。

でもそんな臆病さを吹き飛ばすように、健心さんは私の心に入り込んできた。

強張った冷たい心を温めてくれたのだ。

「あれ、亜美ー。どうしたの。大丈夫？」

ハッと瞑っていた目を開けた。

アパートの階段の下から、萌がこちらを心配そうに見ている。

そうだ、くじけるな。私には、励ましてくれる人だっている。

「大丈夫」

元気に張り上げたつもりの声は、力なく掠れていた。


その後数日経ったけど、おばさんからの連絡はない。

恩知らずな私を見限ったのかな。

唯一頼れる親戚だっただけに、心が沈む。

だけど、物思いにふけっている時間はない。

「雨ばかりで嫌になるな」

健心さんがぼやいた。

「本当に」

このところ降り続いている雨は、何日もお日様を隠してしまっている。

それでなくても沈みがちな気分なのに、このままじゃ心にカビが生えそう。

外で遊べないからか、悠心君もぐずぐずしがちだ。

日光に当たる時間が短いと鬱になるっていう俗説、あながち間違ってないかも。

「よし、行くぞ悠心。亜美、駅まで送っていくよ」

いつもより早く準備をした健心さんは、私を送っていってくれるという。

レンタカーは彼が帰ってきた数日後、返却した。私は電車とバス通勤に戻った。

ありがたい申し出だけど、駅は基地や悠心君の保育園とは逆の方向だし、余計な時間がかかってしまう。

「それは悪いですよ」

「行きだけでも送らせてくれよ。雨が強いから、視界が悪くて危ない」

「あみちゃん、あめのひはあぶないのよ」

すでに黄色のレインコートを着ていた悠心君にキュンとした。どうしてこんなにかわいいんだろう。

「じゃあ、お願いします」

私たちは一緒に部屋を出た。


送ってもらって正解だった。

車の窓ガラスに、横から雨が叩きつけている。

歩いていたら、大変だっただろう。

「そういえば、もうすぐ亜美の誕生日だな」

「あっ、そうでした」

「二十五歳になるのか」

「……ですね」

まだまだ若いと言われる年齢だけど、やはり加齢は気になる。

両親が結婚したのが共に二十五歳のときだった。そう思うと、自分はまだ好き勝手やらせてもらってるなと思う。

「うれしくないの？」

「うーん、うれしいっていうか……そっかあって感じです」

誕生日が来るだけでうれしいと思う人っているのかな。

いや、この歳まで生き延びられたんだ。うれしく思うべきだろう。

ただ、子供の頃のようにはしゃぐ気持ちにはなれない。

「子供の頃、誕生日がうれしかったのは、ケーキを食べられたり、プレゼントをもらえたりしたからですよね」

誰かがお祝いしてくれることに、ありがたさやうれしさを感じるんじゃないかな？

そうすると、自分が生まれたことや生きていることは、いいことなんだって思えるから。自分を肯定されたような気持ちになるよね。

「そうかもな。誰かが祝ってくれるからうれしいんだよな」

「ひとりで旅行したりする人もいるかもしれませんけどね」

私はこの前一流ホテルに泊まったばかりなので、じゅうぶん贅沢な気分を味わった。

誕生日だからさらに……とは、今のところ思っていない。

それどころか、忙しすぎて自分の誕生日を失念していたくらいだ。

「よし、今年からは俺と悠心が祝うよ。とりあえず、なにか欲しいものはある？」

明るい笑顔でそう尋ねてくる健心さん。私は笑ってしまった。

「それ、聞いちゃうんですね。サプライズとかないんですか？」

「はは。俺のセンスに任せてくれるなら、いくらでもやるけど」

私は彼の服を見た。

素早く脱ぎ着できるよう、健心さんの服は至極シンプル。余計な飾りは一切ない。アクセサリーも帽子も着用しているのを見たことがない。

そういえば家の中も、「かろうじて片付いている状態」だもんね。

おしゃれなファッションやインテリアを楽しむという感覚からかけ離れているように見える。

悠心君がいるから、服も家もシンプルで汚してしまってもいいものを選びがちなのか、もともと興味がないのか。おそらく、どっちもだろう。

高校卒業と同時に自衛隊での集団生活に飛び込んだんだものね。おしゃれセンスを磨く時間などなかっただろう。

しかももともとの顔やスタイルがいいので、なにを着ていてもイケメンに見える。やたらと飾り立てる必要もない。

かく言う私も、そこまでおしゃれなわけじゃないけど。いいなあ、イケメンってずるいなあ。

「戦闘機のおもちゃとか、ブルーインパルスの写真集はいらないです」

「ひどいな。さすがの俺もそれはしないよ」

お互いにクスクスと笑い合う。

健心さんが誕生日を祝ってくれるだけでじゅうぶんうれしい。

こうやって心安らげる時間があれば、他にはなにもいらない。

「指輪とかどう。号数とか、わかる?」

さらっと言われたセリフに、びくりと反応してしまった。

指輪。それって、もしかして……。

「どどどこの指につけるやつですか」

どぎまぎして、言葉がおかしくなってしまった。

健心さんは私をちらっと見て、すぐに前を向く。

「逆に、どこにつけるやつが欲しい?」

ぐう、と喉から奇妙な音が漏れた。

それはずるい。反則だ。どう答えろというのか。

一か八か、左手の薬指のやつ!って言ったら、くれるのかな。

「ああ、駅に着いた」

「あみちゃんおしごとがんばれ~」

私が回答を迷っているうちに、車が駅のロータリーについてしまった。

今日は特別に車の数が多いので、早く降りなければ渋滞してしまう。

おそらく、多くの学生や社会人が、家の人に送ってきてもらっているのだろう。

「ありがとうございました！」

素早く車から降り、屋根のあるところまで走った。

振り返ると、健心さんの車はもうなかった。

「誕生日かあ」

ああやって言ってくるってことは、本当にサプライズの予定はないんだろうな。

この際、中古車でも買ってもらっちゃおうかしら。なんちゃって。

ちょっとだけがっかりしながら、三人で一緒に自分の誕生日を祝えると思うと、ほわりと胸が温まった。


お昼近くなってからも雨は降りやむどころか、強さを増していた。

「いったいいつまで続くのよこの雨！」

室内で子供を遊ばせている最中、美奈子先輩がイラついている。

子供たちも一週間降り続く雨でストレスが溜まっているのか、ちょっとしたケンカが絶えない。

「透明ブロック貸して～貸してよぉ～」

「だめ。おれのだもん」

「ぎゃあぁ～。先生、あっくんがいじわるする～」

「知らんがな！　どっちもどっち！」

美奈子先輩は遠慮なく言い放ち、ふたりに話し合いで解決するように指示してこっちに来た。

ちなみにこちらでは地味に塗り絵をしている。

おとなしい女の子が多く集まっていて、平和だ。

「早くやんでくれないかな。ほんと、異常気象困るんだけど」

「葉物野菜の値段も高騰してますしねえ」

「主婦みたいなこと言うじゃない」

美奈子先輩はふんっと鼻から息を吐き、後ろから飛びついてきた男の子を脇に抱え、塗り絵ゾーンから離れていった。

わかるわかる。あんまり天気が悪い日が続くと、耳鳴りや頭痛がするもん。アイアム低気圧ガール。

しかし仕事中はそうも言っていられないので、だるい体を無理に使い、痛みどめで頭痛をごまかし、不機嫌な園児たちの相手をしていた。

六年前も、こうやって雨が降り続いていたっけ。

こども園の近くも川があるので、心配だ。

出勤途中に、雨で濁った川の近くを通ったとき、心臓が凍りそうになった。

「ほんと、早くやまないかなー。お外で遊びたいねえ」

誰にともなく話しかけると、あちこちから同意の声が漏れた。

「そろそろ給食の時間かな？」

近くにある給食室から、いいにおいが漂ってきて鼻先をくすぐった。

お腹が空いたな……なんて、時計を見上げたとき。

地面から、なにかが突き上げてくるような感覚がした。

ゴゴゴゴ、と聞いたこともない音に揺さぶられ、咄嗟にそこにあった机を摑む。

「みんなっ」

地震だ。みんなを避難させなきゃ。

しかし突き上げてくる地面の揺れで、自分の体を動かすことすらままならない。

机の上にあった色鉛筆の箱が、机の上を滑って落ちた。

おもちゃが収納してある棚からも、おもちゃ箱が飛び出てひっくり返る。

数秒後、揺れが収まり、ホッと息を吐くと同時、数人が泣きだした。

「怖かったね。怪我した子はいない?」

結構強い揺れだった。たった数秒だったと思うけど、何時間も耐えていたように感じる。

恐怖で心臓が不規則に脈打っていた。それでも、被害状況の確認が先だ。

「亜美先生、たつきが転んでぶったってー」

「ぶつけた?　どこを?」

塗り絵をしていた子たちは座っていたので、誰も転ばなかった。

問題は、立っていた子たちだ。

「あらー、机の角にぶつけたかね。痛いの飛んでけー」

美奈子先輩が全員の体を確かめていく。

幸い、ガラスが割れたわけでもなく、照明が落ちてくるでもなく、大きな怪我をした子はいなかった。

「みんな、大丈夫?」

「園児の軽傷者三名。物損は特にありません」

駆け込んできた副園長に報告する。

「地震速報がなかったから、どうしようもなかったな。余震があるかもしれないから園庭に出よう」

「わかりました」

美奈子先輩が自分の胸をさすりながら、床にへばりついて泣いている子を起こす。

雨はかろうじて小雨になってきている。

まだ棚が倒れたり物が落ちてくる可能性があるので、ひとまず園庭に避難するのは賛成だ。

「みんな、行こう」

怯える子供たちを促し、上履きのまま園庭へ急ぐ。

外へ出ると、園舎の裏手にある崖の方から、コロコロとなにかが転がってくるような音がした。

なんだろう……。とにかく、全員いるか点呼が必要だ。

全然じっとしていない園児たちの数を数えて、血の気が引いた。

ひとり足りない。

「先生、みっちゃんが、みっちゃんが、おトイレかも」

足元から泣き声が聞こえた。

「ああっ！」

未満児も年少、年中児も出てきて園庭はいっぱいになっていた。

早く出てくることに集中して、ひとりいないのに気づけなかったなんて。

「大丈夫。先生が連れてくるから。美奈子先生の言うことよく聞いてね！」

私は園内に向かって走りだした。

給食室の前を通り、トイレに駆け込む。

「みっちゃん！」

個室の中から、女の子のすすり泣きが聞こえた。

「せんせ、どうしよ……もらしちゃった……」

訴えが嗚咽に変わる。

どうやら地震の直前にトイレに行き、揺れにびっくりして漏らしてしまったみたいだ。

「ぜーんぜんへっちゃらだよ！　おいで、一緒にお着替えしよう」

平静を装いながら、私の心臓は痛いほど脈打っていた。

早く、早く。余震が来ないとは限らない。

「ごめっ、ごめんなさ……」

「謝らなくていいよ。びっくりしたんだもんね」

ゆっくり個室から出てきたみっちゃんを抱き上げ、年長クラスへ走る。

「みっちゃんのは、オレンジのくまくまちゃんの袋だったよね」

まとめて置いてあるお着替え袋の中からみっちゃんのものを探しているときだった。

窓の外から、さっきからしているコロコロという音が大きくなってきた。

「ごめん、やっぱり先に避難しよう」

なんの音かわからないけど、余震の兆候の可能性もある。

「えー、パンツ……」

「パンツより命が大事！」

強い口調で言ったら、みっちゃんは泣きだしてしまった。

彼女はいつもおしゃれで、クラスで一番かわいいと言われ続けてきたので、お漏らししたパンツのままでいるのは、プライドが許さないのだろう。

でも今は本当に、命が一番大事。

「ん～、じゃあ、みっちゃんは先にみんなのところへ行ってて。先生、みっちゃんのパンツ探していくから」

「でも……」

「大丈夫。雨降ってるから、ちょっと濡れててもわからないし、今日は黒いスカートだから全然目立たないよ」

にこりと笑いかけると、みっちゃんはうなずき、園庭の方へ走っていった。

さて、パンツパンツ。

箱ごと持っていくと、このあと着替えるみんなの服が濡れちゃうものね。

「オレンジのくまくまちゃん、これだ」

袋を掴み、園庭へ出ようとした瞬間、轟音が後ろから迫ってきた。

もしかして、さっきのコロコロは小石？

いけない。これは余震じゃない。地滑りだ。

恐怖で足が震えた。硬直した少しの間で、目の前の窓ガラスが、土煙でなにも見えなくなった。

行かなきゃ。

我に返って窓に背を向けた途端、ガラスが割れる音がした。ドドドと教室になにかが流れ込んでくる。

私は流れ込んできたものに追いつかれ、後ろから突き飛ばされるようにして転んだ。

背中に次々になにかが乗ってくる。押し流される。

水じゃない。もっと重くて冷たい、泥のようなもの。

小さな机の下に頭を入れるようにして、体が止まった。

机のおかげで目の前に微かに空間ができている。

しかし数十センチ先に見えるのは、泥や木の枝、根、石など。

やっぱり土砂崩れだ。巻き込まれてしまった。

「みっちゃん……」

みっちゃんは無事に園庭に出ただろうか。

私の判断ミスだ。どんなに恥ずかしがろうと、トイレから彼女を抱いたまま園庭に出るべきだった。後悔先に立たず。

幸い、天井が崩れてきたような気配はない。

この建物が持ちこたえて仕切りとなり、園児のところまで土砂が流れ込んでいないことを祈るばかりだ。

みんな、どうか無事でいて。

土砂に埋もれた体をどうすることもできず、私は瞼を閉じた。

どのくらいそうしていただろう。

暗い。冷たい。

私の名前を呼ぶ声が、遠くから聞こえた。

「亜美、亜美」

お父さんが私を心配して、天国から来てくれたのかな。

いや……もしかして、お迎え……?

少しの空間が顔の前にあるとはいえ、酸素は吸えば薄くなる。

しかもうつ伏せの姿勢で上から土砂に押されているので、呼吸はますます圧迫され、苦しくなっていた。

私、このまま死んじゃうのかな。

あーあ、バカみたい。

健心さんの命の心配ばかりして、自分が先に生き埋めになっちゃうなんて。

「健心さん……」

もっと一緒にいたかった。

こんなことなら、心配ばっかりしていないで、もっと楽しいことたくさん考えて、遊んで、おいしいもの食べて、毎日大笑いして過ごしたかった。

私、まだあなたに好きだって、言えてないのに。

あなたからのちゃんとしたプロポーズ、聞きたかったな。

ううん、きっと健心さんは、私の揺れる心に気づいていたんだ。

優しい彼は、私の気持ちのペースに合わせてくれていた。

私がもっとどっしりと構えた強い女性だったら、プロポーズしてくれていたかもしれない……。

私が災害に巻き込まれても、彼にはなんの連絡も行かない。私は誰にも看取られないまま、息絶えるのか。

そんなの嫌だ。今すぐここへ来て。手を握ってよ。

「亜美ぃぃぃっ！　今行くからなぁぁぁっ！」

涙でぼやけた目を、大きく開けた。

違う。この声、お父さんじゃない。健心さんだ。

「け……」

声が掠れて出てこない。苦しさで呻くしかできなかった。

「亜美！　亜美！」

来てくれた。健心さんだ。

大声で叫びたいのに、それもできない。

どうか気づいて。私はここにいる。

数人の靴音がする。じゃりじゃりと土砂を踏み、近づいてくる。

「秋月一尉、本当にここですか」

「そうだ。さっき小さなお嬢さんが教えてくれただろ。亜美先生は年長クラスの教室だって」

ガタガタと重いものがどかされていく音を感じた。

土砂の上で交わされる会話に返事をしたくとも、できない。

お願い、早く気づいて。

「一尉、ここは私たちに任せて、危険でないところに避難してください」

誰かが健心さんをとめている。

そうだ、彼は本来、救助活動をする職種じゃない。

「俺がパイロットだからか？　救助活動に階級も職種もないだろう。俺はここの指揮を任された。離れるわけにはいかない」

「ですが」

「俺たちの使命は、国と国民を守ること、だろう？」

頭の上で、健心さんの声が聞こえた。

「好きな女ひとりも救えないで、この国を守れるかよ」

力強い声に、涙がぶり返した。

私も、私も好きです。大好きです。

背中を細い棒のようなものがなぞった。ビクンと棒が震えたような気がした。

「いた！　要救助者発見！　応援頼む！」

「おう！」

健心さんの声に、複数の声が応答する。

重機の音は聞こえない。

どうやら、手作業で私の上の土砂や瓦礫を取り除いているようだ。

「机です、一尉」

「慎重に。要救助者を傷つけるな」

時間と共に体が軽くなっていく。真っ暗闇から、明るい場所へと連れ戻される。

ぎゅっと目を瞑り、静かにして待っていたら、ついに誰かの手が肩に触れた。

「亜美、亜美！」

ギイイ、と頭の上にあった机がゆっくり引きずられていく。

「……うう……」

ゆっくり目を開けると、明るい光が差し込んで涙が出た。

助かった……。

暗くて冷たい土砂の中にいた私の体は、動かそうと思っても自由にならない。

「亜美、大丈夫か」

仰向けにされ、顔についていた泥を拭われる。

瞬きすると、そこにグレーの迷彩服を着た健心さんがいた。

飛行服じゃない。六年前、私を助けてくれたときと同じ、作業服だ。

私は生きている。目の前に健心さんがいる。

胸がいっぱいになって、涙が溢れた。

「健心さん……」

呼吸は楽になったけど、まだいろいろとしゃべる気力はない。

彼に伝えたいことがたくさんあるのに、うまく声が出なかった。

「よかった」

健心さんはそれだけ言い、安堵したように微笑んだ。

無理に私を起こすことはせず、彼は両手で私の頰を包む。

それだけで、全身が温まっていくような錯覚を起こした。

「一尉、早く病院へ運びましょう」

「ああ、そうだな」

私は運ばれてきた担架に乗せられ、園庭へ運び出される。

「あ……！」

いつも園児たちが遊ぶ園庭に、ブラックホークが待機していた。

「みんなは？」

「無事避難済み。土砂に巻き込まれたのは亜美だけ」

ブラックホークの中に運ばれ、毛布をかけられる。

私と数人の自衛官を乗せたブラックホークは、健心さんの操縦で空へ浮上した。

疲れ切っていた私は、温かくなった途端に眠気に身を委ねてしまった。


救助から二日後、私はめでたく退院することになった。

結局あの地震は震度三くらいのものだったらしい。

長雨によってゆるゆるに緩んだ山肌の一部が地滑りを起こし、こども園に流れ込んだのだ。

ただ幸いだったのは、その地滑りが小規模なものだったということ。

土石流は園舎に堰きとめられ、それ以上流れ出なかった。

私がいた場所にたまたま、どっと集中してきたのだという。

あのときは副園長の采配がよく、全員園庭に避難していたので、私以外の被害者はいなかった。

そして私も、三時間と経たないうちに救助され、念のため病院に運ばれ入院したけど、検査の結果異常なし。

ただ濡れた土砂の中にいたので低体温症になったくらい。その他は打ち身と擦り傷で済んだ。

どうしてすぐに救助されたかというと、実は健心さんが地震後の偵察飛行中に、こども園の裏で地滑りが起きているのを発見したから。

長雨と地震のダブルパンチで被害が出ていないか、震度三が起きた地域を偵察していたらしい。

偵察飛行を終えた健心さんは、すぐに上官に状況を報告。

幸い、震度がそれほど高くなかったこと、他の土砂災害では人的被害がなさそうだったことから、彼はうちのこども園に自ら向かうことを志願してくれた。

その間に、こども園の先生たちは私が埋まったであろうことをみっちゃんから聞き、すぐに通報。

そのあと、自衛隊のヘリが来ると聞いた園長はびっくりして、みんなを駐車場へ避難させた。

そして、ブラックホークから降りた健心さんに、美奈子先輩に付き添われたみっちゃんが、泣きながら私の居場所を伝えてくれたという。

みんなが無事で、本当によかった。そしてみっちゃん、ありがとう。

ちなみに私のピンチに駆けつけた健心さんは、自衛隊で「王子」というあだ名をつけられたとか。

通常、戦闘機パイロットが救助活動に参加することはほとんどないらしく、上官にもとめられたらしい。

それでも譲らなかった健心さんに、上官は現場の指揮をすることを条件に向かわせてくれたのだ。

「ありがとうございましたー」

「お大事にしてくださーい」

挨拶してナースステーションを通り過ぎ、病棟の出口へ向かう。

自動ドアの向こうにいる健心さんと悠心君が、こっちに気づくなり、笑顔で手を振ってくれた。

「あみちゃあああん。だいじょうぶだったあ？」

ひっしとしがみついてくる悠心君。

たった二日離れていただけなのに、ちょっと大きくなったような気がする。

「大丈夫だよ。この通り、元気元気！」

「よかったあああ」

にぱあああと笑う悠心君の横で、私の荷物を取り上げた健心さんがからかうように言う。

「悠心、寂しくてずーっと泣いてたんだぜ～」

「ないてないもん！」

「嘘だねー。俺見たもん。どらねこタオルに顔押しつけて泣いてたねー」

「ないてないもんっ！」

悠心君がむうっと頬を膨らませる。

こんなたわいもないやりとりすら、今はたまらなく愛しい。

「泣いてもいいんだよ。さ、おいしいものでも食べて帰ろうか」

「そうだね。行こう、悠心君」

私と健心さんで悠心君を挟んで、手を片方ずつ繋いだ。

捕獲された宇宙人状態になった悠心君は、すぐに機嫌を直して歩きだす。

生きていてよかった。

大切な人が生きて、笑っていてくれる。それだけで幸せだと思える。

「私、健心さんに言わなきゃいけないことがあります」

「ん？　なに？」

「大好きです」

暗闇に閉じ込められたとき、思ったんだ。お父さんを亡くしたときも。

みんなが元気なときに、素直な気持ちを伝えておけばよかったって。

もう、あんな後悔はしたくない。

「俺も」

私を助けてくれた王子様は、にっこりと微笑んだ。

浮かんだ笑い皺が、とてつもなく美しい模様に見えた。

サプライズプロポーズ

土砂崩れの事故から半年以上が経った。

あの事故のあとすぐ、おばさんから連絡があった。

テレビで私が勤めているこども園が映ったので、びっくりしたらしい。

健心さんが救助してくれて無事であることを伝えると、おばさんは泣いていた。

『この前は感情的になって、余計なことを言ってごめんね。素敵な人なのね』

おばさんが謝ってくれたので、私たちは仲直りすることができた。

今度、基地の航空祭におばさんが遊びに来てくれる予定。そのときに健心さんと悠心君を紹介するつもりだ。

「あみちゃん、ひこうき」

手を繋いだ悠心君が、空に描かれた白い線を指さす。

「ぱぱかなあ」

「そうかもね」

あれからも健心さんは相変わらず、元気にパイロットをしている。

私はたまに彼の帰りが遅くなってもそれほど動じず、悠心君と平和に楽しく暮らすことができている。

あの事故に遭ってから、過剰に心配してメンタルを崩すことはなくなった。

誰がいつ、どのような危険に遭うかはわからない。

私はただ、大切な人がみんな元気で生きていてくれるよう、祈るのみ。

ちなみに事故後の復旧作業は順調で、こども園は一週間後に再開することができた。

震度三という微妙な大きさの地震を警戒して園児を全員避難させた副園長に対する保護者からの評判がうなぎのぼりなのだとか。

とにかく、大きな被害が出なくて本当によかった。


数日後、私と悠心君は一年ぶりの航空祭に向かった。

健心さんと再会した一年前、一緒に行った萌は、今回は別行動。

萌は健心さん主催の自衛官合コンで、見事自衛官彼氏をゲットしていた。彼氏は管制室にいる人らしく、今日は非番らしい。

というわけで、萌は彼氏さんと一緒に会場に向かうそうだ。

私は悠心君と、早朝から基地の駐車場目指して出発した。

今年はなんと、健心さんが戦闘機のデモフライトを披露するという。それは見に行くしかない。

「あーおばさん！　いた！」

「亜美！　よかった、会えて。すごい人なんだもの」

開場してすぐ、おばさんから到着したという連絡があったので、デモフライト観覧席の前で待ち合わせた。

「こんなに人が多いなんて聞いてないわよ」

「あはは。私も最初はなんでこんなに人が多いのかわからなくて、びっくりしたよ」

立ち話をする私の足に、悠心君がしがみついた。

「あ、こちら秋月悠心君」

「まあああかわいい子ね！　悠心君、今何歳？」

悠心君は初対面のおばさんの前で人見知りを発揮。三本指を出して、私の後ろに隠れてしまった。

「三歳になったところ」

「そうなの」

「悠心君、この人は私のママみたいな人だよ」

紹介すると、悠心君は私の後ろからちょっとだけ顔を出し、にへっと笑った。

「天使？　天使なの？」

眩しいものを見たように、おばさんは目元を押さえた。

「亜美、おはよう。さあ、最前列行くよ！」

後ろから肩を叩かれて振り返ると、萌がいた。後ろにいる肩幅の広い男の人が、彼氏さんだろう。

健心さんよりも少し年下に見える。萌とは逆の、落ち着いた雰囲気の人だ。

「秋月一尉から、戦闘機のデモフライトのときだけでも、亜美さんを最前列にお連れするように言われております」

「だって。関係者席という名のブルーシートがあるから、行こう」

そうなんだ。萌の彼氏が案内してくれるっていうのは聞いていたけど、てっきり去年と同じ穴場の、教育課棟屋上だと思っていた。

萌はおばさんに丁寧に挨拶し、一緒に行きましょうと誘った。

私たち一同は萌の彼氏さんのあとにつき、一般客が通ってはいけないところを通り、最前列に出た。

萌の彼氏さんに話しかけられた制服の自衛官が案内してくれたので、どこからもブーイングはなかった。屈強な彼氏さんが近くにいてくれるのも、心強い。

ブルーシートの上に座ると、ちょうど戦闘機のデモフライトが始まるとアナウンスが流れた。

「あーパパ！」

颯爽と現れた飛行服を着た四人。その中に健心さんの姿があった。

「まあ、本当に素敵な人」

司会に紹介されて礼をした健心さんを見つめ、おばさんが嘆息した。

そうでしょう、そうでしょう。ひとりだけ俳優みたいだものね。

パイロットたちは観客に一礼すると、その場から退場する。数分後、「間もなく離陸します」というアナウンスが入った。

一機ずつ離陸し、まだ空まで上がらない低い位置で機体が傾き、戦闘機の背中が見えると、観客席から歓声が上がった。

四機の戦闘機は二組に分かれる。萌の彼氏さんが、健心さんの機体が来ると教えてくれた。

「ひえええええ」

遠くからブルーインパルスを見ていたときとは比べ物にならない緊張感。

健心さんの機体ともう一機が重なるようにして同じ角度で傾き、目の前を飛んでいったときには、悲鳴をあげてしまった。

事故をしないのが不思議なくらいの、危険で緻密な飛行。

飛行機が通り過ぎてすぐ、向かいの空き地で爆発が起きた。

空から地上を爆撃する演習だそうで、爆発は陸上自衛隊の協力でなされた演出らしい。

「ひょおおおおお」

爆発音にびっくりした悠心君が縋りついてくるので、抱きしめながら空を見上げる。

一機が囮のように会場左側を旋回し、右から来た健心さんの機体が地上を爆撃した。

「奇襲です。囮が敵を引きつけている間に秋月一尉が奇襲し、爆撃を行いました。あ、もちろん本物じゃないですよ。陸自の爆薬の扱いも見事ですね」

彼氏さんの説明を聞いて、ごくりと喉が鳴った。

一瞬も目が離せない。

四機の飛行の正確さで、彼らが普段どれくらい過酷な訓練を行っているかが、わかった気がした。

デモフライトが終わり、着陸した機体が目の前に整列する。コックピットから手を振るパイロットたちの笑顔を見たら、胸が熱くなった。飛行機から降りて礼をし、パイロットたちが退場していく。

盛大な拍手を送られる健心さんを誇らしい気持ちで見ていると、なぜか五人の迷彩服を着た自衛官が端から出てきて、戦闘機の前で踊りだした。

軽快な音楽がかかり、観客たちはなにが起きたのかわからずにぽかんとする。

「これなに？」

「さあ……」

おばさんに聞かれ、私は首を傾げた。

自衛隊のダンスがあるなんて聞いてないけどな。

しかもこのあとは別の飛行機のデモフライトがあるので、戦闘機をどかさなきゃだめじゃない？　なぜわざわざ今、戦闘機の真ん前でクオリティの低いダンスを踊るのか。

彼らのダンスは、言っちゃ悪いけど中学生の文化祭クオリティ。下手ではないけど、観客からお金を取れるほどでもない。ただ、みんな笑顔で楽しそう。

なんなんだろうと思っていると、どこからか大きな敷物を抱えた自衛官がやってきて、戦闘機の前に細長いレッドカーペットを敷きだした。

カーペットの終点は、なぜか私たちのいる目の前。

「えっ。ここ、誰か来るの？　どいた方がいい？」

「いいのいいの。もう少し見てよう」

萌に制されて、浮かせかけた腰を下ろした。

だんだん人が増えてくる。作業服、飛行服、整備服……様々な役職の人が集まってきた。

みんな笑顔で、音楽のリズムに合わせて体を揺らしている。

そうか、こういう親しみやすい出し物も挟むのね。戦闘機の演技で緊張した観客の心がほぐれるわ。

拍手をしながら見ていると、左の方から足音が近づいてきた。

「亜美」

名前を呼ばれて見上げると、そこにはなぜか紺色の制服を着た健心さんがいた。

スーツのような空自の制服。左胸にき章がついている。

「来て」

王子様のように手を差し出す健心さん。呆気にとられる私の腕を萌が摑み、無理やり立たせた。

萌が「はい、秋月一尉」と私の手を健心さんに差し出す。

彼は「ありがとう」と萌にお礼を言い、私の手をぎゅっと握った。

なにが起きているのかわからず、私は狼狽える。

「な、なにこれ。どういうこと？」

「いいから行ってこい！」

萌にどんと背中を押され、つんのめるように前に出た。健心さんが張ってあるロープをあげたので、反射的にその下をくぐる。

「ねえ、健心さん。なんなの？」

「いいからいいから」

さっきまでただの観客だったのに、いきなり舞台に引きずり出されてしまった。

状況が摑めず、導かれるままレッドカーペットの上を歩く。

カーペットのちょうど中ごろまで来ると、健心さんの足が止まった。

周りの音楽が聞こえなくなるほど、心臓が高鳴っている。

向かい合った彼は、観客にも聞こえる大きな声で、言い出した。

「亜美さん。ここで再会してから、一年と少し経ちました。あなたの笑顔は私を癒し、励まし、支え続けてくれました」

いいぞいいぞと周りから声が飛ぶ。揶揄している雰囲気はなく、明るく優しい。

「これからも、私があなたを守り続けます。結婚してください！」

まるでお見合い番組のように、腰を折り、頭を深く下げて手を伸ばす健心さん。

その手には、蓋を開けられた小箱が。中にはひとつのプラチナリング。ダイヤが陽光を受け、きらりと光る。

やっと状況が呑み込めた観客席から歓声があがった。

「サプライズプロポーズだ！」

「頑張れー！」

野太い男の人の応援が響く。

これ、絶対断れないやつじゃない。もちろん、断る気なんてないのだけど。

胸がいっぱいで、ぽろりと涙が溢れた。

多くの自衛官と観客が注目する中、私は指輪を受け取った。

「喜んで！」

みんなに聞こえるように返事をすると、背後で大歓声と拍手が巻き起こった。

「ありがとう。ごめんな、こんな大騒ぎになって。帰ってから、もう一度ちゃんとするから」
みんなに聞こえないように小声でささやいた健心さんは、弱ったようにはにかむ。
「謝ることないです。とってもうれしい」
ちょっと恥ずかしいけれど、みんなの前で宣言してくれて、うれしかった。
私は両手を広げた健心さんの広い胸に飛び込む。
彼は強い力で、ぎゅっと私を抱きしめた。
いっそう大きな拍手に包まれ、ふたりで観客の方を向く。
萌もおばさんも、真っ赤な顔で涙ぐみながら笑っていた。
悠心君は「やったー！」と両手をあげてぴょんぴょん飛び跳ねている。
「おめでとう！」
「おめでとうございます、一尉！」
周りの自衛官から花束を渡されたかと思うと、大きなカメラを持っている広報官が
「とびきりの笑顔くださーい」と正面から手を振ってくる。
私と健心さんは寄り添い、気のいい自衛官に囲まれてニッと笑った。
みんなのおかげで、健心さんが職場で愛されている存在だと実感できた。
こんなに優しくて素敵な仲間が、彼にはいる。なんて心強いんだろう。

もうすぐ異動もあるだろうけど、彼ならきっと、どこに行っても大丈夫。
危険に対する不安より、彼を誇らしいと思う気持ちが大きく膨らむ。
大事な人を失った私たちは、なかなか一歩を踏み出せずにいた。
でも、やっと見つけられたね。
もう二度と私を離さないで。
不安でも、心配でも、あなたを信じて地上でずっと、待っているから。
大空を羽ばたくあなたは、私のところで羽を休めて。
ずっとずっと、笑顔がいっぱいの毎日を過ごしましょう。
臆病な私たちだって、寄り添えばきっと大丈夫だから。
「私、幸せだなあ」
ぎゅっと指輪の入っている箱を抱きしめると、健心さんに肩を抱かれた。
「絶対に俺の方が幸せだ」
見上げると、私をのぞきこむようにして、彼が触れるだけのキスをした。
大歓声の中、私は彼の背中に両手を回し、ぎゅっと抱きついた。

完

あとがき

このたびは本作品をお手に取っていただき、ありがとうございます。真彩(まあや)-mahya-です。

マーマレード文庫の四周年作品という大役に震えながら書いた本作でしたが、いかがだったでしょうか。

制服ヒーローってかっこいいよね、という思いつきから航空自衛官のヒーローが生まれたわけですが、これが結構苦労しました。

基本彼らの仕事の詳細は国家機密なので、調べても調べてもわからないことが多く、しかもパイロットが身近に存在しない(なぜか周りに医者や警察官はたくさんいます。私自身はただの庶民)ので、詳しい作家友達にいろいろ教えてもらいました。

持つべきものは友ですね。

ちなみに、調べてはおりますが、フィクションなので現実ではあまりないことも起こります。そこは確信犯でやっている演出です。

小説なので、そこは割り切って楽しんでいただけたらありがたいです。

そういえば、過去作ヒーローの弁護士も「仕事の内容を家族にも言えない」職業の人でした。

意外とそういう職業って多いと思いますが、弁護士と違って、自衛官は一度任務で出かけると、長いこと帰ってこられない。切ないです。

どこに行っているのかも、いつ帰ってくるのかもわからないんじゃ、自衛官のパートナーはさぞ不安だろうな、と思います。強くないとなれないですね。

健心がいなくて亜美が寂しがっていましたが、書いている私が一番寂しかったです。

また自衛官らしく、たくましい肉体を強調する演出もありますので、切なさを感じるだけでなく、しっかりドキドキしていただけたらうれしいです。

最後に、マーマレード文庫編集部の皆様、二作続けて美麗な表紙イラストを描いてくださったユカ様、この書籍に関わってくださったすべての方に御礼申し上げます。

そして、この作品を読んでくださった皆様。本当にありがとうございます。

小説に負けないほどいろんなことがある世の中ですが、どうか心も体も健やかに、ご自分を大事にして過ごしてください。元気でいてくださいね。きっとまたお会いしましょう。私もまだまだ頑張ります。

令和四年三月　真彩 -mahya-

マーマレード文庫

溺甘パパな航空自衛官と
子育て恋愛はじめました

2022年3月15日　第1刷発行　定価はカバーに表示してあります

著者　真彩 -mahya-　©MAHYA 2022
編集　株式会社エースクリエイター
発行人　鈴木幸辰
発行所　株式会社ハーパーコリンズ・ジャパン
東京都千代田区大手町1-5-1
電話　03-6269-2883（営業）
0570-008091（読者サービス係）
印刷・製本　中央精版印刷株式会社

ISBN-978-4-596-33389-6

m a r m a l a d e b u n k o